KB123810

이것이 밥이다

이것이 법이다 10

2016년 5월 3일 초판 1쇄 인쇄
2016년 5월 9일 초판 1쇄 발행

지은이 자카예프
발행인 이종주

기획 팀 이기헌 송윤성
책임 편집 최전경

발행처 (주)로크미디어
출판등록 2003년 3월 24일
주소 서울시 마포구 성암로 330 DMC첨단산업센터 3층 314호
Tel (02)3273-5135 **Fax** (02)3273-5134
홈페이지 rokmedia.com **E-mail** rokmedia@empas.com

© 자카예프, 2015

값 8,000원

ISBN 979-11-5939-016-6 (10권)
ISBN 979-11-255-9575-5 04810 (세트)

이것이 법이다

10

자카예프 장편소설

ROK MEDIA
로크미디어

CONTENTS

제대로 된 복수

"복수를 해 주게."

"네?"

노형진은 김성식 중수부장의 말에 멍하니 그를 바라볼 수밖에 없었다. 다짜고짜 자신을 불러서 한다는 말이 복수해 달라니?

"무슨 말씀이신지 모르겠습니다."

"김용문 기억하나?"

"기억하죠."

기억하지 못할 수가 없다. 김성식과 노형진이 인연을 만든 계기가 아닌가? 김성식 중수부장의 동생을 납치해서 구타하고 괴롭히면서 노예로 써먹던 인간. 그는 그뿐만 아니라 다른 사람들에게도 그렇게 해서 무려 다섯 명이 넘는 사람을 죽게 만들기도 했다. 그 때문에 사형 판결이 나서 감옥에 있다고 들었다. 그런데 복수라니?

"민사를 말씀하시는 건가요? 민사는 이미 끝난 걸로 알고 있는데요?"

그에게 민사를 걸어서 상당한 금액을 빼앗아 왔다. 그리고 구출된 동생은 김성식 아래서 편안한 삶을 보내고 있다. 워낙 상황이 좋지 않아서 오래 못 살 거라고 하지만 말이다.

"그 녀석이…… 떵떵거리면서 잘 산다고 하더군."

김성식은 이빨을 빠드득 갈았다. 그 사건 이후 주변에 모든 인맥을 동원해서 그에게 사형이 떨어지도록 만들었는데 그 이후에 충격적인 소식이 들려왔기 때문이다.

"얼마 전에 들어온 보고가 어이가 없더군. 그 녀석이 자기 독방에 가서 아주 떵떵거리면서 잘 살고 있는 모양이야. 돈 때문에 그 많은 사람들을 죽인 녀석이 그렇게 사는 건 용납할 수 없네!"

"하아."

노형진은 그 말을 듣고는 상황을 알아채고 고개를 흔들 수밖에 없었다.

"그렇게 될 거라고 말씀드렸잖습니까?"

노형진은 사건 당시 압력을 넣지 말라고 수차례 말했지만 머리끝까지 화가 난 김성식은 사방에 압력을 넣었고 그 결과 사형 판결이 난 것이다.

"이렇게 될 줄은 몰랐네."

"그러니까 우리나라 교정 당국은 현실에 대해서 알아야 한 다니까요. 지금 감옥이 감옥입니까? 범죄자들이 감옥을 학교 라고 부르면서 만만하게 보는 데에는 다 이유가 있는 겁니다."

노형진이 걱정했던 것. 그건 다름 아닌 그가 사형수가 되 는 것이었다.

그의 목숨이 걱정스러워서? 아니면 그가 착해서?

아니다. 사형수가 된다면 그는 처벌받지 않기 때문이다.

"사형은 의미가 없습니다. 도리어 그 녀석에게 면죄부를 준 것이나 마찬가지거든요."

사람들은 범죄자가 사형을 언도받으면 정의를 지켰다고 생각한다. 하지만 변호사의 입장에서 그리고 현실을 알고 있 는 입장에서 그건 말도 안 되는 소리였다.

"사형이 언도된 순간부터 그는 무서울 게 없는데 누가 그 를 건드리겠습니까? 그래서 그때 그렇게 떵떵거리면서 살 수 있는 겁니다."

"몰랐네."

"당연히 모르셨겠지요. 한국에서는 관리 주체가 다르니까요."

고발하는 사람은 검사이고 판결을 내리는 사람은 판사이 지만 그들이 감옥에 갔을 때 그들을 관리하는 사람은 교정 당국이다. 사형수는 공식적으로는 미결수다. 미결수란 형이 집행되지 않는다는 뜻인데, 문제는 여기서 발생한다.

"사형수의 삶은 사실 무척 편합니다."

공식적으로 미결수이기 때문에 감옥이 아니라 구치소에서 생활을 한다. 사람들은 잘 모르지만 말이다. 그런데 구치소는 기본적으로 형이 결정되지 않은 사람들이 사는 곳이다 보니 감옥보다 훨씬 환경이 좋다.

더군다나 미결수는 법적으로 면회를 제한받지 않기 때문에 무제한으로 면회하는 것이 가능하고 변호인 접견도 무제한으로 가능하며 노역할 필요도 없다. 심지어 다른 죄수들처럼 머리를 짧게 깎을 필요도 없다. 또한 대부분의 구치소들은 그들이 사고를 칠까 봐 독거실을 줘서 생활하게 한다. 외부로 치면 원룸에서 생활하는 것이다. 독거실 안에는 텔레비전과 세면대, 책상까지 모든 게 다 있다.

"거기에다가 그 녀석은 사형수죠. 손해 볼 게 없습니다. 그럼 누가 건드리겠습니까?"

기본적으로 구치소에 있는 사람들은 대부분 아직 형이 결정되지 않은 사람들이다. 당연히 몸을 사리고 조용히 있으려고 한다. 그에 반해 그들은 사형수다. 사람 하나 더 죽여도 형이 더 커지거나 생활을 잘한다고 해서 풀려날 가능성은 없다. 결과적으로 그들은 교도소 내부에서 소위 말하는 범털 행세를 하고 패악질을 하면서 다른 죄수들을 괴롭힌다.

하지만 구치소에서는 그들을 그냥 둘 수밖에 없다. 어차피 고발해 봐야 바뀌는 것도 없고 그는 사형수이니 어디 가지도 못하니까. 아이러니하게도 가장 강력한 형벌인 사형이 가장 편한 생활을 보장하게 되는 것이다.

"몰랐네."

"그러니까 문제라는 겁니다."

미래에는 이런 문제로 인해 사형수들은 구치소가 아닌 교도소에서 생활하게 법이 바뀌었지만 실질적으로 그곳에 가는 경우는 거의 없었다. 그럴 수밖에 없는 게 사형장을 가진 곳에서 생활해야 하는데 대부분의 교도소에는 사형장이 없기 때문이다.

그런 상황이니 어차피 형량이 변할 일은 없고 대한민국은 수십 년간 사형을 집행하지 않은 실질적 사형 폐지국이라 죽을 염려도 없다.

"후우……."

김성식은 한숨을 쉬면서 고개를 흔들었다. 그에 대해 알아보라고 했을 때 올라온 보고는 그의 분노를 끝까지 치밀어 오르게 했다.

"실질적으로 그곳에서 생활하는 녀석들은 그곳에서는 황제나 다름없습니다. 일도 안 하고 통제도 안 받죠. 간수들도 거의 터치하지 않습니다. 규정된 시간보다 늦게 일어나도 뭐라고 안 하고요. 실질적으로 말해서 그런 곳에 있는 사형수는 그냥 국민 세금으로 먹여 주고 재워 주는 것뿐입니다."

"몰랐네."

"그렇겠지요."

상식적으로 알았다면 국민들이 분노하지 않을 이유가 없다. 사형은 거의 나오지 않는 형벌이다. 만일 사형이 결정되었다면 그건 그가 여러 명을 참혹하게 죽였을 때다. 그런 녀석들이 실질적으로 감옥에서 떵떵거리면서 살고 있는데 누가 화를 안 내겠는가?

"그곳은 실질적으로 사형수들만의 작은 나라나 마찬가지입니다."

대부분 그들을 구타하거나 제압할 수 있는 폭력적인 녀석들은 형이 결정되자마자 다른 감옥으로 이송되어 녀석들의 눈치를 볼 필요도 없다. 남은 것은 아직 재판 중인 범인들인데, 그들 역시 사형수에게 덤빌 만큼 간이 부어 있지 않다. 사고를 치면 재판에서 불리할 뿐만 아니라 저들이 막 나가면 자신만 손해이기 때문이다.

"그래서 복수를 부탁하러 온 것 아닌가."

김성식은 어떻게 해서든 복수하려고 했지만 현 법률 집행의 구조상 그걸 제대로 할 수 있는 방법이 없었다. 가장 확실한 방법은 그들에 대한 사형을 집행시키는 것인데, 그걸 집행하는 사람은 다름 아닌 법무부 장관이다. 문제는 말이 법무부 장관이지, 실질적으로 대통령이 결정해야 하는 문제라는 것이다.

'그리고 우리나라는 외교적 입장 때문에라도 사형을 집행하지 못하지.'

사람들은 잘 모르겠지만 여러 사형 폐지국들이 다른 나라에도 사형을 폐지하라고 압력을 넣는다. 대표적인 나라가 프랑스 같은 곳이다. 그들을 무시하고 사형을 집행하다가 잘못하면 외교적으로 트러블이 생길 수도 있어 쉽사리 사형을 집행할 수가 없는 것이다.

"미국이라면 좋겠네. 그랬다면…… 복수할 수 있었을 텐데."

"아이고, 그런 소리 하지 마세요. 그게 될 리 없지 않습니까?"

실제로 미국에는 외부에서 내부에 있는 누군가를 죽이는 방법이 많다. 다른 사람을 통해서 죽여 달라고 하거나 같은 사형수를 매수하여 죽여 달라고 하는 경우도 있기 때문이다. 하지만 한국은 그런 것에 대비해서 아예 격리 생활을 시켜 그렇게 할 수도 없다.

"동생분은 어떠신가요?"

"좋지 않네. 아무리 노력해도 원래 몸이 너무 상했어."

"그렇군요."

"동생의 남은 삶은 고작 10년일세. 아니지. 1년이 지났으니 9년이겠지. 그나마도 이제 관리를 잘한다는 전제하에 말일세. 그런데 정작 범인은 떵떵거리면서 잘 산다니."

"법적으로는 어쩔 수 없는 겁니다."

"그래서 자네를 찾아온 거 아닌가? 자네는 방법을 찾을 수 있을 거라 생각했네."

그 말에 노형진은 어이가 없어서 그를 바라보았다. 그는 현직 중앙수사본부 부장이다. 법을 지켜야 하는 사람인 것이다.

그런 그가 자신을 찾아와서 한다는 말이 합법으로 안 되는 방법을 찾아 달라는 것이다. 쉽게 말해서 불법을 청탁하는 셈인데 그의 평소 성격을 생각하면 말도 안 되는 소리였다.

'어지간히 열 받기는 한 모양일세.'

"그렇게 화가 나시는 겁니까?"

"말이 안 되는 상황이지 않나?"

"그거야 그렇지요."

그들은 범털 노릇을 하면서 일반 제소자들을 때리거나 괴롭히기도 한다. 하지만 누구도 건드리지 못한다. 어차피 미결수인 데다가 미래가 없기 때문이다.

"이럴 줄 알았으면 차라리 무기징역을 할 걸 그랬네."

"그랬다면 이런 짓은 못했겠지요."

무기징역은 형량이 결정되지 않은 징역형을 말한다. 당연히 정식 교도소에 가서 정식 죄수로 있어야 하니 생활이 편할 리 없다.

더군다나 무기징역은 잘하면 풀려난다는 점 때문에 막 나가는 데에 한계가 있다. 무기징역은 기결수로서 감옥에 가게 되는데 감옥에 있는 사람들은 교도소에 있는 사람들에 비해 무척이나 거칠기 때문에 잘못하면 뒈지게 맞는 수가 있어 그렇게 선불리 대하지도 못한다.

"그냥 보이는 게 다 복수는 아니니까요."

"하아."

사형이 진행되었다면 복수라고 할 수 있겠지만 그렇지 않으니 실질적으로 사형 판결은 그에게 혜택을 준 것에 지나지 않는다.

"방법이 없겠나?"

김성식이 진지하게 묻자 노형진은 그를 물끄러미 바라보았다.

"그게 무슨 뜻인지는 아시죠?"

"알고 있네."

김성식이 말한 방법이 없느냐는 것은 실질적으로 그를 괴롭히기 위해 법을 이용해서 할 수 있는 방법이 없겠냐는 것이다. 그건 즉, 실질적으로 노형진에게 청계와 마찬가지로 법률을 이용하여 범죄에 가까운 행위를 만들어 달라고 하는 것이나 마찬가지였다.

"물론 자네가 그런 행동을 좋아하지 않는 것은 아네. 하지만 이건 정상적인 상황이 아니지 않은가?"

그동안 일로 접근하던 수많은 사건들에 대한 피해자의 감정을 알게 된 그는 이번 사건이 정상이 아니라는 것을 느낄 수 있었다.

"방법이라……."

노형진은 침묵을 지켰다.

"이건 저 혼자 생각할 일이 아닌 것 같군요. 회사 사람들에게 이야기해 봐야겠습니다."

그 말에 김성식은 고개를 끄덕거렸다.

노형진은 이 문제를 어떻게 풀어야 하나 하는 고민으로 얼굴을 찌푸릴 수밖에 없었다.

⚖️

"음……."

노형진의 말에 사람들은 다들 얼굴이 딱딱하게 굳었다.

"진짜로 그런가요?"

"네."

설마 사형수들이 그렇게 편하게 살고 있는 줄 몰랐던 이은영 변호사는 살짝 놀란 눈치였다.

"그럼 이걸 어떻게 해야 하나요? 사형이 결정되었는데 항소할 수는 없고."

"애초에 항소 기간은 지났습니다."

그러니 항소해서 김용문의 형량을 깎아 일반 죄수들에게 괴롭힘을 받게 하는 방식은 불가능했다.

"이봐, 노 변호사, 자네 생각은 어때?"

송정한은 한참 고민하다가 입을 열었다. 그냥 사건을 맡아 달라는 것도 아니고 복수를 위해 법을 이용해서 음모를 짜 달라는 건데, 그건 청계가 하는 짓이기 때문이다.

"전…… 해야 한다고 생각합니다."

"해야 한다고요? 노 변호사, 진심입니까?"

그 말에 남상주 변호사는 크게 놀란 듯 노형진을 바라보았다.

"청계의 방식을 싫어했잖습니까?"

"전에도 말씀드렸지만 우리는 변호사입니다. 감정이 어찌 되었건 의뢰인을 위해 일하는 사람이죠. 그 의뢰인이 복수를 원한다면 그걸 해야 하는 것이 정상입니다."

"하지만……."

"제 개인적인 감정은 둘째입니다. 그렇지 못하면 변호사 를 때려치워야지요."

"하아."

확실히 노형진은 의뢰인을 위해서는 자신의 신념은 버릴 수 있어야 한다고 몇 번이나 말하고는 했다. 그렇지 않으면 제대로 된 변호사는 될 수 없다고 말이다.

가령 강도 사건을 용납하지 못하는 사람이 변호사가 되었 는데 강도 사건이 들어온다면 어떻게 하겠는가? 그럼 그는 변호사로서 그걸 지키기 위해서 노력해야 하는데 그게 될 리 없다. 당연히 질 수밖에 없으니 평판이 떨어질 것이다.

"제 감정은 둘째치고 의뢰인이 방법을 요구한다면 그에 맞 는 방법을 찾아 줘야지요. 그리고 우리는 청계와는 좀 다릅니다. 청계가 말 그대로 돈과 수익, 권력을 위해서 음모를 짜 주는 데, 우리는 합당한 복수와 처벌에 대해 짜 주는 겁니다. 솔직히 우리나라의 구조가 잘못된 건 맞지 않습니까?"

"후우, 그거야 그렇지."

"하지만 악법도 법이지 않습니까?"

무태식의 말에 노형진은 피식 웃었다.

"그 말, 소크라테스가 한 말이죠?"

"네? 아, 네, 그렇지요."

"근데 그거 아십니까? 소크라테스는 그런 말 한 적 없습니다."

"뭐라고요!"

깜짝 놀라는 무태식이었다. 교과서에도 실려 있던 말이 실제로는 존재하지 않는 명언이라니.

"소크라테스는 문자로 기록하는 것은 배움을 가리는 행위라고 생각해서 그런 걸 싫어했습니다. 그런데 그런 사람이 난데없이 악법도 법이라는 말만 기록으로 남긴다는 게 말이 됩니까?"

"어?"

"애초에 악법도 법이라는 말은 일본의 위정자가 자신들의 잘못된 통치를 감추기 위해 만든 말일 뿐입니다. 잘못된 법은 법이 아닙니다. 당연히 고칠 생각을 해야지요."

"……."

"악법도 법이라면서 지킨 결과가 뭔가요? 나치 아닌가요?

수년에 걸친 세계대전, 수많은 희생자들, 그에 따른 학살. 그게 사람들이 잘못된 법에 대해 저항했다면 생기지 않을 일입니다. 이 세상 누구도 저항하지 않는 사람들을 위해서 법을 만들어 주지는 않아요. 그런데 악법도 법이라고 저항하지 않는다면 그들은 그저 노예일 뿐입니다."

노형진의 말에 무태식은 아무런 말도 하지 못했다.

상식적으로 위정자 그리고 가진 자들은 자신들을 위해서 법을 만들지, 서민과 국민을 위해 만드는 게 아니다. 그들의 속성은 '내가 곧 법.'이라고 표현할 수 있다. 그런데 그걸 악법도 법이라고 따라간다면 과연 세상이 바뀔까?

"악법도 법이니 이 나라 악법은 악법일 뿐입니다. 그걸 타도해야지요."

그 말에 다들 수긍하기는 하는 모양이었다.

"상식적으로 가진 자들이 법을 이용해서 범죄를 저지르는데 못 가진 사람들에게 그러지 말라는 법 있습니까? 우리 새론의 목표가 뭔데요?"

"공평한 법의 적용……. 그렇군."

새론의 목표는 선한 자나 세상을 구하는 것이 아닌 가진 자든 못 가진 자든 공평하게 법을 적용받아야 한다는 것.

"뭐, 이번에는 못 가진 사람은 아니지만 어찌 되었건 우리도 합법적 복수의 방법을 연구할 때는 되었다고 생각합니다."

"합법적 복수라……."

"어차피 저들이 그 방법을 쓰는데 우리라고 쓰지 말라는 법 있나요?"

가진 사람들은 권력을 이용해서 변호사를 사고 합법적인 모든 방법을 동원하여 사람을 사회적으로 매장시키거나 자살로 몰고 가기에 합법적인 복수를 하는 게 가능하다. 하지만 일반인은 그게 불가능하다.

"제가 봤을 때는 슬슬 합법적 복수 서비스를 해도 될 것 같습니다."

"합법적 복수라……."

"가진 자만 하라는 법은 없으니까요. 그리고 이번에는 그 첫 번째가 되는 겁니다. 뭐, 김성식 부장님이 가난한 사람은 아니지만요."

"하하하."

법적으로 복수의 길은 열려 있다. 다만 그걸 쓸 수 있는 건 오로지 부자들뿐이다. 변호사들은 그걸 가난한 사람을 위해 알려 주지는 않으니까.

하지만 노형진의 생각은 달랐다. 만일 그렇게 열어 준다면 압도적인 수를 가진 일반인들이 유리해질 테니 결과적으로 부자들과 권력자들은 자신들에게 향하는 합법적 복수를 막기 위해 자신들의 복수부터 포기할 수밖에 없다.

'그렇다면 진짜 법치주의가 이룩될 거야.'

가진 사람만 보복으로 일반인을 괴롭히는 게 아니라 아예 가진 사람이든 못 가진 사람이든 동일한 법에 동일한 처벌을 받게 될 것이다.

"하지만 상대방은 사형 판결을 받고 구치소 안에서 보호받고 있네. 그런데 무슨 방법이 있단 말인가?"

그 말에 노형진은 송정한을 바라보면서 확신에 찬 목소리로 말했다.

"방법이 없는 건 아닙니다. 다만 부자들만 알 뿐이지요. 그리고 전 그 방법을 쓸 겁니다."

⚖

며칠 뒤 구치소에서는 이상한 소문이 돌기 시작했다.

"뭐라고? 너한테도 찾아왔어?"

"어, 너한테도?"

사형수들은 갑자기 자신들을 찾아온 검사들에 대한 이야기에 깜짝 놀랐다.

"아니, 내 사건이 끝난 게 10년이 넘었는데 갑자기 왜 검사가 찾아온 거야?"

원래 사형수들은 구치소에서 운동하는 시간이 다른 죄수들과 달라 운동 시간이 되면 다른 죄수들과 다르게 자기들끼리 운동하는 경우가 많았다. 그래서 서로에 대해 이런저런 이야기를 하곤 하는데 갑자기 검사들이 찾아온다는 소식에 등골이 오싹해졌다.

"뭐라는데?"

"혹시 자신이 범죄를 저지르지 않았다는 증거가 있거나 누명을 썼다는 증거가 있느냐고 묻던데?"

"아니, 왜?"

사형수들이라고 하지만 벌써 수십 년째 사형 집행이 되지 않았기 때문에 짧게는 1년, 길게는 20년 안에 들어온 사람들이다. 그러다 보니 검사가 찾아왔다는 게 이상했다. 더군다나 자기를 담당했던 검사도 아니다.

"야! 너 혹시 아는 거 있어?"

그들은 자연스럽게 한 사람에게 향했다. 그는 2년 전에 들어온 사람으로 현재 대법원에서 사건이 계류 중인 사람이었다. 즉, 완전히 결정 난 다른 사람과 다르게 아직 재판 중이라는 뜻이다. 당연히 변호사가 붙어 있는 상황.

"아직 모르겠어요. 이번 주에는 변호사가 오지 않았거든요."

"뭐야, 씨팔……. 이거 불안하게 왜 찾아오는 거야?"

그들은 자신도 모르게 안절부절못하기 시작했다.

"이거…… 뭔가 잘못되어 가는 거 아냐?"

이들은 사형수다. 대한민국에서는 실질적으로 사형을 집행하지 않아 이곳에서 마치 왕처럼 빼기고 다니지만 사형이 결정되면 당장 내일이라도 죽을 수도 있는 것이다.

"일단 변호사가 다음 주에 찾아오니까 상황이 어떤지 한번 물어볼게요."

"그래라. 요즘 걱정돼서 잠도 못 잔다고."

갑자기 상황이 바뀌자 그들은 그동안 잊고 있었던 죽음의 공포가 밀려오기 시작해 잠을 자지 못할 지경이었다.

"빨리 좀 알아봐."

⚖️

"뭐라고요?"

드디어 변호사를 만난 남자는 생각보다 문제가 심각하다는 걸 알 수 있었다.

"연락받고 여기저기 알아봤는데 이번 일에 대검찰청 중수부장이 관여하고 있다고 합니다."

"아니, 왜요? 우리랑 무슨 억한 감정이 있다고 사람을 죽여 달래요?"

자신들의 죄는 반성하지 않고 도리어 억울하다는 식으로 말하는 남자.

"그게, 얼마 전에 여기 들어온 사형수 중 어떤 놈이 그 사람 동생을 수십 년간 노예로 부려 먹으면서 괴롭혔거든요. 바깥에서는 무척이나 유명한 일입니다."

"노예로?"

"네, 소문으로는 워낙 괴롭혀서 수명이 채 10년도 안 남았

다고 합니다. 그 때문에 부장이 화가 나서 죽여 버리겠다고
여기저기 찾아다니면서 부탁하고 있다고 합니다."

"이런 씻팔⋯⋯."

다른 사람도 아니고 대검찰청 중수부장이 그런 부탁을 하
면서 돌아다니면 사형이 집행될지도 모르는 일이다.

"우리는⋯⋯ 대상이 아니겠지요?"

그나마 작은 희망을 걸고 물어보는 사형수. 하지만 변호사
는 고개를 흔들었다.

"아닙니다. 사형은 일반적으로 한꺼번에 집행됩니다. 만
일 사형 집행이 결정되면 그 당시에 대기 중인 모든 사형수
들을 한꺼번에 사형에 처하는 것이 관례입니다."

"네? 그럴 수가⋯⋯."

그러니까 진짜로 사형이 통과되어 집행될 경우 원한을 가
진 새끼뿐만 아니라 다른 사형수들까지 모조리 죽는다는 소
리였다.

"저는요? 저도 그래요?"

"그게⋯⋯."

변호사는 잠시 고민하다가 어쩔 수 없다는 듯 고개를 끄덕
거렸다.

"만일 대법원 판결이 집행일 전에 확정되면⋯⋯ 그렇게 됩
니다."

"헉!"

사형수는 자신도 모르게 공포에 부르르 떨었다. 그럴 수밖에 없는 게 자신의 대법원 판결이 2개월 내에 나온다고 들었기 때문이다.

"그래도 2개월이나 남았는데……."

그렇다면 재판이 끝나기 전에 사형을 집행할 수도 있는 것이다. 그렇게 된다면 자신은 살지도 모른다.

"그게…… 만일 그런 계획이 잡힌다면 계류 중인 사형수에 대한 판결 속도가 빨라질 겁니다."

"네?"

"사형이라는 것은 여러모로 부담스러운 일입니다. 당연히 해야 하는 게 있다면 한꺼번에 해치우려고 하겠지요."

"이런 싯팔……."

사형수는 와들와들 떨리는 손으로 머리를 쥐어뜯으면서 속으로 끊임없이 비명을 지를 수밖에 없었다.

⚖️

"뭐라고?"

"그게 사실이야?"

다음 운동 시간에 사형수들은 이야기를 듣고는 기가 막혀서 말이 안 나왔다. 하필이면 대검찰청 중수부장의 동생을 건드리다니.

"네, 거의 확정하는 분위기인가 봐요."

원래 소문이라는 게 그렇다. 선남선녀가 손을 잡으면 다른 곳에서는 애를 낳았다고 얘기하는 것처럼 한 다리 걸쳐 커지는 게 바로 소문이었다.

"이런 젠장! 도대체 어떤 새끼야?"

"어…… 그 새끼, 저놈 아냐?"

그 말에 사람들의 시선이 한곳으로 향했다. 그곳에서는 느긋하게 태양 빛을 즐기고 있는 한 남자가 있었다.

"저 새끼, 고고한 척하면서 우리랑 어울리지도 않던데?"

"몰라, 젠장……. 우리 중에 죄목을 다 알고 있는 놈이 얼마나 되는데?"

사형수인 걸 알지만 서로 죄목을 말하지는 않는다. 사형수의 죄목이야 뻔하니까. 살인.

"그나저나 저 새끼는 왜 저렇게 느긋한 거야?"

그 말에 한 남자가 불쑥 끼어들었다.

"저 새끼, 완전 배 째라예요. 어차피 사형도 못하는데 겁먹을 필요 있느냐고 하면서 막 나가던데요?"

"그걸 어떻게 알아?"

"지난번에 운동할 때 슬쩍 물어봤죠."

물어봤더니 자신과는 상관없는 일이라며 대수롭지 않게 반문했다는 것이다. 그리고 그건 그들에게 강력한 심증이 되었다.

이것이 법이다

"염병, 자기 때문에 우리 몽땅 뒈지게 생겼는데 저 개새끼가."

"근데 왜 우리한테는 다시 검사를 보낸 거죠?"

"네 변호사가 그랬잖아, 사형이 집행되는 건 여러모로 부담스러운 일이라고. 당연히 혹시나 모를 억울한 사람이나 다른 이유로 죄를 뒤집어쓴 인간이 있는지 확인하려고 하는 거지. 뒈진 다음에 후회해도 소용없으니까."

"그래서……."

왜 갑자기 검사가 찾아와서 그런 질문을 한 건지 알게 된 사형수들은 얼굴이 노래지기 시작했다.

"으으으……."

"이런 염병…… 저 새끼 때문에 우리 몽땅 뒈지는 거 아냐?"

"그럴 리가……."

"그럴 리가는 무슨, 씨팔. 가진 새끼들 건드린 놈들치고 곱게 뒈진 새끼 봤어? 언제 가진 놈들이 우리 사정 봐주는 거 봤냐고!"

맞는 말이었다. 가진 자들은 자신들의 복수를 위해서는 그 주변에 무슨 일이 벌어지든 그다지 관심을 가지지 않았다. 오로지 자신의 복수만이 중요할 뿐.

"젠장……."

그들이 분노에 찬 표정으로 김용문을 노려봤다. 하지만 그걸 모르는 김용문은 흐뭇한 표정으로 태양을 즐기고 있을 뿐이었다.

"32432호 이동."

"32432호 이동."

조용한 오후.

갑자기 들리는 목소리에 죄수들은 신경이 날카롭게 곤두섰다. 가뜩이나 사형이 집행될지도 모른다는 생각에 날이 바짝 서 있는데 평소와는 다른 일이 벌어졌기 때문이다.

"뭐야?"

"어?"

독거실에 있는 사람들은 우르르 몰려가서 작은 창문 너머로 복도를 바라보았고 그곳에는 한 남자가 간수들에게 둘러싸인 채로 이동하고 있었다. 그런데 그 모습이 이상해서 다들 움찔했다.

독거실은 기본적으로 사형수들이 많이 쓴다. 그런데 지금 움직이는 사람은 사형수도 아니었다. 일단 얼굴을 아는 사람이 아닌 것이다. 대부분의 사형수들은 오래 있었기 때문에 서로 얼굴을 안다. 그런데 그는 그것도 아닌데도 수갑에 포승줄까지 하고 끌려가고 있었고 그를 호송하는 데에 양측에서 두 명, 뒤에 두 명 해서 총 네 명이 붙어 있는 것이 아닌가?

"야! 뭐야!"

"넌 뭐하는 거야?"

"지금 뭐하는 짓이냐고!"

그걸 보고 왠지 모를 불안감에 사형수들이 마구 물었지만 교도관들은 말하지 않고 그저 그를 데리고 움직일 뿐이었다.

문제는 그게 한 번이 아니라는 것. 그 짓을 무려 네 번이나 한 것이다. 그것도 동일 인물을 가지고 말이다.

"이런 염병……."

그날 밤, 공포감에 잠을 이루지 못한 사형수들은 다음 날 운동 시간이 되자 우르르 구석으로 몰려들었다.

"그거 봤어?"

"나도 봤지."

"내 방에서는 안 보였어. 도대체 뭔데?"

"어제 이상한 짓을 하던데요."

그때 이야기를 듣던 한 녀석이 갑자기 곰곰이 생각에 잠기더니 사색이 되었다.

"이런 씨팔……. 좆 된 것 같은데?"

"네? 왜요?"

"며칠 전 정훈 시간에 틀어 준 영화 기억 안나?"

"틀어 준 영화가 한두 개예요?"

"그…… 뭐더라…… 그…… 그…… 그…… 뭐였는데……. 시꺼먼 흑인 놈 나오는 거 있잖아."

"〈라이트 마일〉?"

"맞다! 그거! 거기에 나오잖아. 간수들이 사형 진행하기 전에 다른 죄수 가지고 연습하는 거."

그 말에 사형수들의 얼굴은 말 그대로 더 이상 변할 수 없을 정도로 새파랗게 변해 버렸다. 다들 그 장면이 기억난 것이다.

"맞아…… 그런 장면이 있었지."

사형제가 실존하는 미국에서는 포기하고 그냥 조용히 끌려간다지만 이들은 실질적으로 사형이 없다고 생각해서 왕처럼 굴어 왔다. 그러니 진짜 사형이 진행될 때 그냥 끌려갈리 없는 것이다.

"연습인 거야?"

이들이 말하는 그 장면은 간수들이 사형에 대비해서 다른 죄수를 이용하여 사형장으로 이송하는 연습을 하는 장면이었다. 혹시나 모를 비상사태에 대비해서 말이다.

"이런 싯팔……."

당장 목숨이 날아가게 생겼다는 생각에 다들 분노와 더불어 생존 욕구가 미친 듯이 치밀어 오르기 시작했다.

"어쩌지? 어쩌지? 어떻게 해야 하지?"

마구 머리를 굴리는 그들. 하지만 애초에 머리가 좋은 녀석이라면 살인을 하지 않았을 것이다. 즉, 그들이 할 수 있는 생각은 뻔했다.

"방법이 없잖아. 여기서 무슨 짓을 하겠어."

"안 돼! 난 이렇게 죽을 수 없어!"

웅성거리는 사형수. 그러던 중 한 남자가 눈을 크게 떴다.

"이 사태가 벌어진 원인을 해결하면 되지 않을까요?"

"원인 해결이라니?"

"이 사태가 왜 벌어졌는데요? 저 미친 새끼가 중수부장 동생을 건드려서 그런 거 아닙니까?"

그 말에 모두의 시선이 구석에 있는 김용문에게 향했다. 그는 요즘 들어 자신이 따를 당한다고 느끼고 있었지만 아직은 낯설어서 그런 거라고 생각해서인지 별로 관심이 없어 보였다.

"막말로 저 새끼만 아니면 중수부장이 무리해서 사형을 집행할 이유가 없잖아요?"

"그건…… 그렇지."

사람이 죽는 것을 좋아하는 사람은 없다. 그래서 아직까지 사형 집행이 안 되는 것도 있다. 심리적 부담감 때문에 법무부 장관이 사인하지 않는 것이다. 그런데 그걸 바꾸기 위해 중수부장이 설득한다고 했다.

"저 새끼가 뒈지면 중수부장이 나댈 이유가 없잖아?"

"그건 그러네."

그들은 서로 눈치를 보기 시작했다.

"어차피 막장 아닙니까?"

어차피 이들은 사형이 결정된 사람들이다. 더 이상 떨어질 곳도 없는 자들.

또한 여기 있는 사람들은 사람을 죽여 본 인간들이다. 그것도 여럿을 작심하고 잔인하게 죽였다. 오죽하면 대한민국에서 쉽게 나오지 않는 형벌인 사형이 나왔겠는가.

"저 새끼만 처리하면 살 수 있을지도 모릅니다."

"중수부장이라는 새끼만 닥치고 있으면⋯⋯."

어쩌면 이 일이 흐지부지될지도 모른다.

"저 새끼, 조져 버리자."

누군가의 말. 그리고 그들은 모두 고개를 끄덕거렸다.

⚖

며칠 뒤, 김용문은 느긋하게 운동하러 다시 운동장에 나와 있었다.

"날씨 좋다."

아직은 쌀쌀한 날씨이기는 하지만 이렇게 바깥공기를 쐴 수 있는 이 시간이 그에게는 행복한 시간이었다.

"이런 삶도 나쁘지는 않아."

놀고먹을 자유가 없다는 게 아쉽기는 하지만 힘든 삶은 아니다.

"나갈 수 있으면 참 좋은데."

그렇게 중얼거리는 그때였다.

"야! 김용문!"

누군가 자신을 부르는 소리에 고개를 돌리는 김용문. 그 뒤에는 자신이 아는 사람들, 그러니까 사형수들이 서 있었다.

"무슨 일입니까?"

"네놈이 노예 사건 주범이냐?"

"그건 어디서 또 들었어요?"

대수롭지 않은 대답이었지만 그 말은 사형수들에게 확신을 심어 줬다.

"네놈이 중수부장 동생을 건드렸어?"

그 말에 얼굴을 찌푸리는 그였다.

"뭐, 재수 없으려니 그렇게 되었습니다만, 다들 그런 거 아닙니까?"

재수가 없으니 걸려서 끌려온 것뿐이다. 김용문은 그렇게 생각하고 있었다.

그러나 그 말을 들은 사형수들은 마음의 결심을 굳혔고 서로를 바라보면서 고개를 끄덕거렸다. 그러자 김용문은 그걸 보고 낌새가 이상하다는 것을 알아차렸다.

"뭐…… 뭐하지는 겁니까?"

그를 에워싸면서 다가오는 사형수들. 그리고 그걸 보고 주춤주춤 물러나는 김용문.

"간수! 간수!"

그는 불안감을 느끼고 애타게 간수를 불렀다. 하지만 몇몇이 벌써 간수 쪽을 틀어막고 있었고 다른 사형수들은 허리춤에서 칫솔을 갈아서 만든 날카로운 플라스틱 칼을 꺼내 들었다.

"이런 싯팔 새끼! 너 때문에 우리가 뒈지게 생겼어!"

"잠깐만, 살려 줘! 크헉!"

하지만 첫 번째 칼이 정확하게 허파를 찌르고 들어오자 그는 숨을 들이쉬면서 고통에 몸부림칠 수밖에 없었다. 허파에 구멍이 나자 비명도 지르지 못할 수밖에 없었고 그걸 본 간수들이 달려 나왔지만 그들을 견제하던 다른 자들이 그들을 가로막았다.

"크허허허허!"

김용문은 산소를 갈구하면서 손을 내저었지만 그에게 날아온 것은 다름 아닌 날카로운 플라스틱 칼날들이었다. 그 칼날들은 그의 몸의 사방을 파고들기 시작했다.

"뒈져!"

"죽어, 이 씹 쌔끼야!"

그리고 배에서부터 심장, 심지어 눈까지 들어오자 그는 제대로 비명도 지르지 못한 채로 축 늘어지고 말았다.

⚖️

"예상한 건가?"

김성식의 말에 노형진은 고개를 흔들었다.

"그건 아닙니다. 원래 사형수들은 죽음의 고통이 제일 두려운 법입니다. 그래서 그 고통을 느끼도록 배치한 것뿐입니다. 현재 대한민국이 실질적인 사형 폐지국이라는 이유로 그들은 감옥 안에서 황제처럼 살고 있으니 그걸 매일같이 죽음을 두려워하는 날로 바꿔 준 것뿐입니다. 그런데 다른 살인범들이 이렇게 극단적으로 반응할지는 몰랐습니다, 솔직히."

"후우……."

김성식은 그 말에 보고 있던 보고서를 덮었다.

"자상이 서른 군데가 넘는다고 하더군. 병원으로 갔지만 살기는 힘들 거라네."

"그런가요?"

"양심에 안 찔리나?"

"뭐, 예상하지 못한 일이기는 하지만 그다지 양심에 찔리지는 않습니다. 솔직히 죽을 만한 놈이잖습니까?"

"그건 그렇지."

노형진은 김성식의 말대로 작전을 짜 줬다.

모든 것은 합법적이었다. 그가 사형을 부탁하고 다닌 것도 사실이다. 물론 그건 불법이 아니다. 자기 의견이니까. 그리고 변호사들에게 소문을 낸 것도 사실이다. 그것도 불법은 아니다. 소문이란 언제나 도는 것이니까. 호송 연습을 시키도록 한 것도 불법은 아니다. 감옥에서는 언제나 훈련하니까.

어쨌든 그는 사형수들이 그걸 보고 죽음의 공포에 떨면서 하루하루 고통받길 원했다. 그런데 그런 노형진이 실수한 것이 있었으니 그건 다름 아닌 그들의 심리 상태였다. 그들은 사람 목숨을 파리 목숨만큼으로도 안 본다는 것 말이다.

세 가지를 본 사형수들은 죽음의 공포에 떨다가 살기 위해서 김용문을 잔혹하게 살해했다. 하지만 칫솔 칼이 너무나 짧아 치명적인 피해는 주지 못해 김용문은 천천히 고통받으면서 죽어 가고 있었다.

"그리고 이런 건 미국에서는 흔하게 있는 일입니다. 이런 일로 양심에 찔리면 법조계에 있지 못하지요."

"흔하게 있는 일이라."

"네, 사형수나 종신형인 녀석들에게 돈을 주고 누구를 죽여 달라고 하는 거죠. 우리나라에서도 없다고는 말 못할 텐데요?"

"……."

그 말에 그는 아무런 말도 하지 못했다. 자신이 중수부장이지만 그런 일이 없다고 말할 수가 없을 정도로 사법 체계는 썩어 있었으니까.

"다만 우리는 부탁한 적은 없죠. 이건 우연히 벌어진 사건이니까요."

"그건 그렇지."

누군가를 죽여 달라고 부탁하는 건 불법이다. 하지만 자신들은 철저하게 합법적인 행동만을 했을 뿐이다.

"마음에 드십니까?"

"마음에 드냐고?"

김성식은 노형진을 바라보았다. 그리고 그를 만나고 나서 처음으로 미소를 지었다. 말하지는 않았지만 노형진은 그가 어떤 기분인지 알 것 같았다.

"그럼 되었습니다."

"고맙네. 무슨 일이 있거든 연락하게. 내 들어줄 수 있으면 들어주지."

특혜라고는 절대 인정하지 않던 그의 입에서 나온 파격적인 말.

"그럼 나중에 잘 부탁드립니다."

노형진은 그걸 거절할 생각이 없었다. 그것은 미래를 위한 중요한 카드이니 말이다.

엔터테인먼트 변호사

"방송요?"

노형진은 난데없는 말에 얼굴을 찌푸렸다.

"그래, 혹시 자네, 나가 볼 생각 없나?"

송정한의 말에 노형진은 단호하게 선을 그었다.

"없습니다."

"기회야. 방송을 타면 엄청나게 이슈가 될 거라고. 그럼 일이 더 많아질 거야."

그 말에 피식 웃는 노형진.

"송 변호사님, 지금보다 더 일이 많아지면 어쩌시려고요?"

"그거야…… 아…….."

확실히 지금도 변호사들이 죽겠다고 비명을 지르는 판국

인데 더 일이 많아져 봐야 부담이 될 수밖에 없다.

"그리고 전 엔터테인먼트 변호사는 별로 안 좋아합니다."

"엔터테인먼트 변호사?"

"네, 그게 쇼하는 거지, 진짜 변론하는 건 아니지 않습니까?"

"그야 그렇지."

"그런 게 무슨 도움이 된다는 건가요?"

엔터테인먼트 변호사란 말 그대로 방송에 나와서 좋은 모습을 보여 주면서 이런저런 이야기를 하는 사람들을 뜻한다. 노형진 역시 한때 그런 변호사를 부러워한 적이 있었지만 현실을 알고 나서는 그들에 대한 관심을 끊어 버렸다.

"애초에 상식적으로 죄의 유무를 판단하는 것은 판사가 하는 일이지, 변호사가 하는 일이 아닙니다. 그런데 변호사가 거기에 출연해서 몇 년 형이네 하고 판단하면 안 되죠. 변호사는 형을 깎으려고 해야 하는 사람인데 자기가 판단하면 어쩌겠다는 겁니까?"

"그건…… 그렇군."

노형진이 그들을 가장 싫어하는 가장 큰 이유는 그런 행동이었다. 그걸 형을 깎아야 하는 직업을 가진 사람들이 방송에 나왔다고 형량이 어쩌고저쩌고하면 안 된다는 논리다. 당장 별게 아닌 것 같지만 그걸 들은 사람들은 그런 형량을 기대하기 마련인데 정작 현실은 판이하게 다른 경우가 많았다.

'현실을 알아야지. 현실을.'

시기에 따라서 의사 게스트나 요리사 게스트가 유행할 때가 있기는 했지만 최소한 의사 게스트는 판단이나 선입견이 사람을 망칠 수 있는 직업은 아니며 요리사 게스트 역시 그들의 생각이 문제가 될 여지가 적어 문제가 안 된다.

하지만 변호사는 아니다. 만일 변론에 들어가기 전에 선입견을 가지면 큰 문제가 될 가능성이 높다. 일단 자기가 유죄라고 판단해 버린 상태에서 무슨 변론을 한단 말인가.

"전 별로 하고 싶지 않네요."

"그런가?"

"네."

"하지만 방송국에서는 자네를 요구하는데…… 어쩐다…….."

"저를 요구한다고요?"

"그래, 사실은 방송국에서 몇 번이나 청이 들어왔다네."

송정한은 노형진이 거절할 걸 예상하는 게 어렵지 않기 때문에 몇 번이나 고사했지만 방송국에서는 어떻게 해서든 그를 출연시키기 위해 노력하고 있었다. 심지어 메인 게스트로 중심에 세워 주겠다고 약속까지 하면서 말이다.

'그러고 보니 이때쯤인가?'

이때쯤에 변호사 게스트들이 유행하면서 수많은 변호사들이 방송을 통해 얼굴을 알리기 시작했다.

"전 별로 생각이 없는데요."

"나도 그렇게 몇 번이나 말했다니까. 하지만 워낙 요구가 심해서."

"도대체 어딘데요?"

"KKB라네."

그 말에 노형진은 자신의 기억을 더듬었다.

'KKB라면 〈정의의 천칭〉이라는 프로그램이었나?'

몇몇 법률 관련 프로그램이 있었기 때문에 노형진은 한참을 기억을 더듬고 나서야 이름을 정확하게 기억해 냈다. 사람들이 접수한 사건을 가지고 이런저런 이야기를 하는 프로그램. 본격 생활 법률 프로그램이기는 하지만 실질적으로 생활에 도움이 되는 것은 아니었다.

"역시 별로군요."

"그렇지?"

"네, 그런 광대놀음을 하고 싶지는 않습니다."

노형진이 그 프로그램을 싫어하는 것은 다름 아닌 실제로 있는 사건들을 접수받아서 상담한다는 데에 있었다. 차라리 가상의 사건이거나 이미 끝난 사건이라면 모르는데 현재 진행 중인 사건을 가지고 하다 보니 수많은 사건들이 몰렸는데 그중 상당수가 변호사들의 판단과 다른 결과가 나오면서 욕을 먹었다.

"뭐, 자네가 그렇게까지 말한다면……."

송정한은 그런 노형진의 말을 예상한 것인지 더 이상 강권하지 않았다. 그래서 둘 다 그런 대화는 그날로 끝난 거라 생각했다. 하지만 방송국은 생각보다 끈질겼다.

⚖️

"노 변호사님, 손님이 오셨는데요?"

"또 말입니까?"

노형진은 얼굴을 찌푸렸다. 곤란스러워하는 직원의 얼굴을 보니 분명 그 피디인지 뭔지 하는 인간인 것이 분명했다.

"거절한다고 말했습니다만."

"저도 그렇게 말했는데 막무가내로 앉아서는 가지 않으려고 하네요."

"끄응……."

노형진은 신음성을 흘릴 수밖에 없었다. 저들이 저러는 이유가 다름 아닌 시청률 때문이라는 걸 알고 있었다.

'도대체 뭐하자는 짓거리야?'

〈정의의 천칭〉은 시청률이 그다지 좋지 못했다. 대부분의 변호사들이 그저 그랬고 쇼맨십을 가지고 있는 사람은 실력이 부족했으며 실력이 좋은 사람은 쇼맨십이 부족했다. 변호사라는 특성상 그 두 가지 다 가지고 있는 사람은 드물 수밖에 없었는데 그중 하나가 바로 노형진이었다.

'젠장. 구더기 무서워서 장 못 담근다더니 딱 그 짝이네.'

노형진의 언론 플레이 실력을 본 피디는 그를 점찍고는 끊임없이 찾아왔다. 사실 최고의 선택이었다. 젊고 능력 있고 잘생긴 데다가 언론 플레이 같은 것에도 능하다. 당연히 어떻게 해서든 그를 출연시키려고 할 수밖에 없다.

"삼고초려라도 하나 봅니다."

함께 사건을 정리하던 무태식조차도 질렸다는 얼굴이었다.

"이건 삼고초려가 아니라 업무 방해죠. 그리고 세 번은 넘게 왔잖습니까, 벌써."

"그런가요? 이거 참…… 한번 나가 보시죠."

"그다지 관심은 없는데요. 지금 우리 새론은 일이 많아서 죽을 판국인데 일을 더 끌어오기도 힘들고요."

"그건 그런데……."

사실 한번 나가 보는 게 좋겠다고 생각하는 사람이었던 무태식은 아쉬워하면서 입맛을 다셨다.

"그러면 무태식 변호사님이 나가 보시죠."

"저요? 하하하, 저같이 산적처럼 생긴 변호사를 누가 데려갑니까?"

"혹시 압니까, 수많은 전국의 아가씨들이 무 변호사님의 그 야수 같은 매력에 퐁당 빠질지?"

"제 매력은 일반인이 감당하기는 너무 위험할 것 같은데요? 하하하."

그저 딴소리만 하던 노형진은 다시 집중해서 일을 끝냈고 퇴근 시간이 되어 바깥에 나갔을 때 신음 소리를 내고 말았다.

'진짜 질기네.'

입구에 있는 의자에 피디가 앉아서 꾸벅꾸벅 졸고 있었다.

'조용히 가야지.'

그와 마주치고 싶지 않았던 노형진은 조용히 나가려고 했다. 하지만 노형진 전용 레이더라도 달려 있었던 건지 그는 번개같이 일어나서는 그를 바라보았다.

"노 변호사님!"

"아, 진짜 출연 안 한다니까요."

"노 변호사님, 한 번만 도와주십시오. 수많은 사람들이 도움을 청하고 있지 않습니까?"

"도움을 청하려면 제대로 된 변호사를 찾아가라고 하세요. 거기서 광고질 하는 녀석들 말고요."

"광고질요?"

"안 그렇습니까? 거기 나오는 변호사들이 언제 제대로 된 소리 했습니까? 결과적으로 자기광고 하러 나온 거 아닌가요?"

"그거야 그렇지만……."

지금 피디가 그렇게 매달리는 이유도 그것이었다. 일단 외모 위주로 변호사를 뽑았더니 실력이 너무 부족한 사람이 많아 시청자들의 불만이 너무 많았다. 그들의 말만 듣고서 재판에 들어갔다가 재판에서 지는 경우가 많아지면서 방송까지 욕을 먹는 상황.

"그러니까 한 번만 도와주십시오."

"제가 왜 그런 광대놀음을 해야 합니까? 안 한다니까요."

"노 변호사님."

끝까지 따라오는 피디를 보면서 노형진은 단호하게 선을 그었다.

"안 한다고 말씀드렸잖습니까?"

"한 번만 부탁드립니다."

"아, 글쎄, 안 해요!"

그 말에 피디는 어쩔 수 없다는 듯이 한숨을 푹 쉬더니 뒤로 물러났다.

"그럼…… 제가 마지막 카드를 쓸 수밖에 없습니다."

"지금 협박하는 겁니까?"

"협박이 아니라 제가 그만큼 다급하다는 겁니다."

얼마 전 재판에서 변호사들이 승소를 장담한 사건이 완전히 깨져 버리는 바람에 인터넷에서 프로그램에 대한 욕이 도배되고 있는 상황이었다. 잘나가다가 나락으로 떨어진 피디의 입장에서는 이것저것 가릴 처지가 아니었다.

"아, 글쎄, 전 안 하니까 그렇게 아십시오."

노형진은 그에게 선을 그어 버리고 집으로 향했다.

그렇게 한참 집으로 향하는 그때였다.

띠리리링.

전화가 오자 노형진은 핸드폰을 스피커폰으로 돌렸다.

"노형진입니다."

"노 변호사."

"유 회장님, 이 시간에 어쩐 일이신가요?"

"자네에게 부탁이 있네."

"부탁이라니요? 무슨 일이 생겼습니까?"

"그건 아닌데 말이야, 방송에 좀 나가 줬으면 하는데."

"네에?"

⚖️

"끄응."

다른 사람도 아닌 유민택의 부탁은 생각지 못한 변수였다. 대룡건설이 새론의 주요 거래처라는 걸 알고 있었던 피디가 그들을 주요 메인 광고 시간에 넣어 주는 대신에 이야기해 줄 것을 부탁한 것이다.

"미안합니다."

피디는 미안하다는 얼굴이 되었다. 다른 곳도 아닌 대룡의 부탁이니 거절할 수 없었던 노형진은 어쩔 수 없이 방송국에 끌려 나왔다.

"애초에 미안할 짓을 왜 합니까?"

"제가 워낙 다급해서요."

그렇게 말하는 피디의 얼굴에는 진짜 다급함이 가득했다.

'하긴 쥐뿔도 모르는 새끼들을 데려다가 했으니 그 사달이

나지.'

노형진은 툴툴거리면서 촬영장 안으로 들어갔다. 그러자 열기와 동시에 느껴지는 차가운 시선들.

노형진의 얼굴에 씁쓸한 미소가 떠올랐다.

'내가 이래서 오고 싶지 않았지.'

촬영장이다 보니 수많은 조명들과 기구들이 내뿜는 열기가 있음에도 불구하고 의자에 앉아서 자신을 바라보는 다른 변호사들의 시선은 차갑기 그지없었다.

"오늘부터 촬영에 참가하신 노형진 변호사입니다."

"반갑습니다. 새론의 노형진입니다."

노형진이 인사했지만 그걸 받아 주는 사람은 없었다. 하긴 자신들의 실력이 부족한 걸 아는 상황에서 가장 위협적인 사람이 나타난 것이니 누가 좋게 생각하겠는가?

"친하게 지내세요."

그걸 안 걸까? 피디는 어색하게 웃었지만 누구도 웃지 않고 노형진만 바라볼 뿐이었다. 더군다나 노형진의 자리는 가장 가운데, 그러니까 메인이었다.

'쩝.'

입맛을 다시면서 그 자리에 들어가는 노형진. 그런데 그런 그의 시선에 보이는 것은 아직 비어 있는 한 자리였다.

"오늘 아직 안 온 사람이 있나 봅니다."

"오겠지요."

퉁명스럽게 말하는 젊은 변호사 때문에 노형진은 머쓱하게 고개를 돌릴 수밖에 없었다.

"전에도 말씀드렸다시피 오늘 사건은……."

지난번에는 그냥 하다가 욕을 먹더니 이번에는 미리 사전 설명을 하는 모양이었다. 그렇게 설명이 끝나 갈 때쯤이었다.

"어이구, 미안합니다. 제가 좀 늦었지요?"

거들먹거리면서 촬영장 안으로 들어오는 한 남자. 노형진은 그걸 보고 얼굴을 찌푸렸다.

'아주 별꼴을 다 보네.'

머리부터 발끝까지 모조리 명품으로 도배한 남자가 거들먹거리면서 들어오는 걸 본 노형진은 그다지 기분이 좋지 않았다. 저렇게 명품으로 도배한다는 것은 결과적으로 의뢰인을 등쳐 먹었다는 뜻이기 때문이다.

"아, 인사들 하세요. 이분은 청계의 이도한 변호사입니다."

"아…… 안녕하세요."

"반갑습니다."

"반갑습니다."

아까 전의 노형진과는 전혀 다른 반응.

그럴 수밖에 없었다. 새론은 기존 규칙을 깨고 수익을 의뢰인에게 돌려주며 공정한 변론을 하는 것을 기본으로 하는 데에 반해 청계를 비롯한 여러 변호사들은 가진 자들을 위해 기득권을 유지하는 데에 집중하기 때문이다.

현 상황에서 변호사들은 기득권층에 들어가니 그걸 누가 놓고 싶겠는가? 당연히 기득권을 깨부수려고 하는 새론과 노형진에게 우호적일 수가 없다.

"이쪽은 새론의 노형진 변호사입니다."

피디가 이상함을 느낀 건지 노형진을 소개했지만 도리어 그 소리를 들은 청계의 변호사는 얼굴이 딱딱하게 굳었다.

"노형진입니다."

"이도한입니다."

인사하는 이도한의 눈에서 느껴지는 적대적인 느낌을 모른 노형진이 아니었다.

'그래, 이게 정상이겠지.'

자신이 날려 먹은 청계의 작전이 한두 개가 아니니 그들이 자신을 좋아할 리 없었다.

"그럼 촬영 시작하겠습니다. 레디 액션!"

노형진과 이도한의 관계가 어찌 되었건 방송은 계속되어야 하기에 첫 번째 사연이 소개되었다.

"이번 사건은 서울 중랑구에서 보내 주신 사건입니다. 취업을 하지 못한 애아버지가 분유를 훔친 사건인데요. 사정이야 딱하지만 어찌 되었건 절도는 절도다 보니 정식으로 재판에 들어갔다고 하는데요. 이 사건에 대해서 이야기해 주시기 바랍니다."

MC의 말에 서로 이런저런 대화를 하는 사람들. 물론 사전에 사건에 대해 이야기를 들었기 때문에 각자 생각이 다 있기는 했다.

"이 사건의 경우는 어쩔 수 없는 절도입니다. 아무리 생계가 달려 있다고 하지만 다른 사람의 영업점에 가서 그 물품을 훔친 것은 용서받을 수 없는 행위니까요. 더군다나 그 기록에 따르면 무려 여섯 달에 걸쳐서 상습적으로 도둑질을 했는데 그러다 현행범으로 잡혔다면 무슨 말이 필요하겠습니까? 제가 봤을 때는 현행범에 상급범이니까 최소 6개월 정도의 형량이 적당하다고 생각합니다."

청계 변호사는 날카롭게 말을 꺼냈다. 그러자 그가 말을 꺼내기 무섭게 갑자기 변호사들의 이야기 흐름이 그를 중심으로 흘러가기 시작했다. 다른 사람도 아닌 청계의 변호사라는 이유로 그를 믿고 따라가기 시작한 것이다.

'쯧쯧…… 이러니 실력이 그지 같지.'

그걸 보면서 노형진은 혀를 끌끌 찰 수밖에 없었다. 자신의 신념 없이 유명 로펌 출신이 나왔다고 그를 따라가는 변호사들을 보니 어이가 없었다.

"6개월이라…… 좀 잔인한 것 같군요. 솔직히 제가 봐서는 2개월 이상 나오기 힘들어 보이는데요?"

그런데 그런 그의 의견을 정면으로 반박하는 한 남자.

노형진의 시선이 그에게 향했다. 맨 구석에 앉아 있는 그는 사건 기록을 뒤적거리면서 선을 그었다.

"어째서 그렇게 생각하시는 건가요, 최민선 변호사님?"

"일단 6개월간 상습적으로 훔쳤다고 하지만 그건 피해자의 주장일 뿐이고 그 증거는 없지 않습니까? 당연히 이번 사건만 보고 판단해야지요. 그런데 이번 사건만 보고 판단한다면 그다지 큰 피해도 아니고 솔직히 2개월도 좀 과한 처벌이 아닐까 하는 생각이 드는군요."

"그럼 최민선 변호사님은 피해자가 거짓말하고 있다고 생각하는 겁니까?"

"그건 아닙니다만……."

"그렇다면 변호사라면 기본적으로 피해자 위주로 판단해야 하는 거 아닌가요?"

"그건 그렇지만 그래도 현실적으로 다른 범죄를 저질렀다는 증거가 없는 상황에서……."

"애초에 6개월간 지속적으로 분유가 사라졌는데 무슨 증거가 더 필요한가요?"

"그게……."

이도한은 마치 건수를 잡았다는 듯이 최민선을 공격하기 시작했다. 노형진은 그걸 보면서 고개를 갸웃했다.

'이런 경우는 드문데?'

일반적으로 방송일 뿐이니 다른 변호사를 대놓고 공격하는 경우는 드물다. 그런데 그는 마치 최민선이 틀렸다는 듯이 공격하고 있었다. 그러자 최민선은 어쩔 줄 몰라 하면서 우물쭈물했다.

"자······ 컷컷······. 진정들 하시고. 서로 공격하는 건 그다지 좋지 않습니다."

심지어 보다 못한 피디가 촬영을 중단시키고 나설 정도로 날선 공격이었다.

"다들 진정하시고 커피 한 잔씩 마시면서 쉬고 오세요."

결국 촬영 시작 30분도 안 되서 중단된 촬영.

청계의 이도한이 나가자 그를 따라서 우르르 나가는 사람들.

노형진은 솔직히 그들보다 최민선에게 관심이 갔다.

"이런 공격이 흔한가요?"

"네?"

노형진이 다가오자 깜짝 놀라는 최민선.

"이런 공격을 하는 건 본 적이 없어서요."

"아, 노 변호사님, 반갑습니다. 최민선입니다."

"노형진입니다. 그런데 제가 알기로는 이도한도 처음 나온 걸로 알고 있는데 사전에 알고 있는 사이인가요?"

그 말에 최민선의 얼굴에 왠지 모를 미소가 떠올랐다.

"뭐, 그렇다면 그렇지요."

"네?"

"동창이거든요. 저 녀석은 전교 1등, 제가 전교 2등."

"아!"

"커피 한잔하시겠습니까?"

"그렇죠."

최민선과 함께 커피 자판기가 있는 곳으로 가서 커피를 뽑아 들고 이런저런 이야기를 하던 노형진은 이도한과 최민선의 관계에 대해 들을 수 있었다.

"그러니까 둘이 동시에 사법시험에 붙었다는 거군요."

"네, 그때부터 사이가 좀 안 좋아졌죠."

사실 전교 1등과 전교 2등이라는 점 때문에 사이가 좋다고 말할 수는 없었지만 이도한은 검사가 되고 그는 변호사가 되면서 사이가 사정없이 틀어지기 시작했다고 한다. 더군다나 그가 담당했던 사건 중 세 개가 이도한의 사건이었는데 거기서 전부 그가 이기면서 이도한이 자신만 보면 이를 빠득빠득 갈아 대고 있다고 한다.

"뭐, 전 그저 그런 변호사로 살았지만 저 녀석은 검사 출신에 잘나가는 부잣집 아들내미다 보니 절 무시하다가 져서 그다지 절 좋아하지는 않죠."

"뭐, 알 것 같네요."

평생 승리자로 살아온 이도한이었을 것이다. 그런데 사회에 나와서 처음으로 패배라는 걸 겪었는데 하필이면 그 대상이 학교 다닐 때 바로 아래 있던 만년 2등이었으니 기분이 좋을 리 없다. 원한을 가져도 이상할 게 없는 것이다.

"그래도 여기에 출연하신 걸 보니 나름 잘나가는 모양이신데요?"

"하하하, 그런 건 아닙니다. 솔직히 저도 돈이 문제가 아니라 아버지가 여기 직원이라 출연하게 된 거거든요."

"네?"

"사실은 아버지가 피디를 하십니다. 이건 아니지만."

"아아아."

대충 알 것 같았다. 다른 프로의 피디의 아들이니 그냥 말석에 넣어 준 모양이었다.

'어쩐지.'

카메라도 잘 안 잡히는 맨 구석 자리에 있는 걸 보니 이유가 있기는 한 모양이다.

"뭐, 홍보 차원에서 나오기는 했는데 그다지 홍보는 안 되네요."

어깨를 으쓱하는 최민선이었다.

"그나저나 제가 아까 한 말이 틀렸습니까?"

최민선은 은근슬쩍 노형진을 바라보았다. 아마도 그렇게 공격당했으니 불안하기는 한 모양이었다.

"솔직히 말씀드려서요?"

"네."

"틀렸습니다."

"역시 그렇군요."

왠지 풀이 죽는 최민선의 모습.

"하지만 정답에는 가장 가까웠다고 볼 수 있네요."

"네?"

"아까 이상하다고 생각하셨다면서요?"

"네? 아, 네…… 이상하다고 생각이 들기는 하네요."

"그렇다면 아직 가능성이 있는 겁니다. 감이 좋으시네요."

"감이 좋다니요?"

"이 사건은 겉으로 보이는 것만이 다가 아닙니다. 최민선 씨도 틀렸지만 저들도 틀렸습니다. 아니, 저들은 사정없이 틀렸지만 최민선 씨는 아직 기회가 있다고 할까요?"

"네?"

최민선이 이해할 수 없다는 표정을 지었지만 노형진은 씩 웃는 것으로 대답을 대신했다.

"정답은 이따가 공개하죠. 피디가 그 고생을 하면서 절 부른 이유는 있어야 할 거 아닙니까, 하하하."

⚖️

다시 시작된 촬영.

결국 변호사들의 대답은 청계의 변호사의 이도한의 답변과 비슷했다. 기껏해야 증감이 있는 정도.

"그럼 노형진 변호사님은 어떻게 생각하시나요?"

드디어 마지막으로 노형진에게 배턴이 넘어왔다. 노형진이 사전에 자신에게 맨 마지막에 질문해 달라고 요청했기 때문이다.

"제가 봐서는…… 피해자분이 선처해 주신다면 훈방으로 끝날 수 있을 거라고 생각합니다. 선처해 주지 않으신다 해도 벌금 한 20만 원 미만으로 나올 것 같네요. 물론 제대로 조사한다면 말이지요."

"네?"

"뭐라고요?"

그 말에 MC뿐만 아니라 변호사들까지 어이가 없다는 얼굴이 되었다. 당장 6개월에 걸쳐서 지속적으로 도둑질을 했는데 고작 훈방, 아니면 벌금 20만 원 미만이라니?

"사건 기록을 잘못 보신 것 같은데요? 무려 6개월의 상습 절도범입니다. 이런 사람에게 선처라니요? 그건 말도 안 되죠. 법은 누구에게나 공평해야 하는 거 아닌가요?"

그 말에 노형진은 속으로 비웃음이 나왔다. 그 공평함을 거부하는 게 청계다. 그런데 공평 운운하다니.

"맞습니다. 법은 공평해야 하지요. 하지만 그렇다고 하지도 않은 범죄에 대한 책임을 물어야 한다는 건 아닙니다."

"사건 기록 못 보셨습니까? 무려 6개월이나 도둑질을 한 인간입니다. 아니면 최민선 변호사님처럼 피해자가 거짓말을 하고 있다고 생각하는 겁니까?"

그 말에 최민선이 발끈해서 한 소리를 하려고 했지만 노형진이 먼저 말을 끊어 버렸다.

"최 변호사님은 피해자가 거짓말한다고 한 적이 없습니다. 사건이 이상하다고 했을 뿐이지요."

"그게 그거 아닙니까?"

"전혀 다르지요. 재판정에서의 싸움은 말의 싸움입니다. 변호사가 '그게 그거다.'라는 식으로 접근하면 안 되죠."

노형진의 반격에 한 방 먹은 이도한은 똥 씹은 얼굴이 되었다.

"거짓말이 아니라고 하면 누가 도둑질을 한단 말입니까? 현실을 보세요. 현실을."

그래도 애써 반격하는 이도한. 하지만 노형진은 이미 사건 기록에서 이상한 점을 다 파악하고 있었다.

"일견 그렇게 보이죠. 하지만 현실은 가끔은 무척이나 복잡합니다."

"네?"

"일단 이 사건에서 특이한 점을 볼까요? 이번에 가해자가 절도한 분유는 N사에서 나온 저가형 분유입니다. 가격이 대략 2만 2천 원 정도 하는 거네요. 하지만 그동안 주로 피해의 대상이 된 분유는 D사에서 나온 고가형 산양 초유입니다. 가격이 무려 6만 원대의 물건이죠. 바늘 도둑이 소도둑이 된다는 이야기는 들어 봤습니다만 소도둑이 바늘 도둑을 한다는 소리는 못 들어 봤는데요?"

"음······."

맞는 말이다. 큰 도둑질을 한 사람은 작은 도둑질은 잘 안한다. 위험부담은 늘어나고 수익은 적기 때문이다.

"더군다나 현장의 사진을 보면서 두 분유는 바로 옆에 나란히 전시되어 있습니다. 그러니까 멀리 갈 필요도 없이 한 발자국만 움직이면 고가의 분유를 손에 넣을 수 있었다는 거죠. 그런데 왜 갑자기 저가의 분유로 표적을 바꿨을까요?"

"그거야……."

이도한은 그 말에 꿀 먹은 벙어리가 되었다. 생각해 보니 그럴 이유가 없었다.

하지만 노형진의 공격은 끝난 게 아니었다.

"그리고 여러분들은 잘 모르지만 아이들은 예민합니다. 고가의 분유를 먹이다가 저가의 분유를 먹이면 배앓이를 하는 경우가 많습니다. 심한 경우에는 탈이 나기도 하죠."

"뭐라고요?"

"그런 게 있어요?"

변호사들은 어이가 없다는 얼굴이 되었다.

'그걸 알 리가 있나.'

노형진은 회귀 전 애까지 있었다. 물론 남의 자식이기는 했지만 그래도 태어났을 때는 금이야 옥이야 키운 자식이었다. 그래서 이런 육아 상식을 알고 있었다.

"애를 키워 본 사람들은 압니다. 그래서 애들 음식을 바꾸는 게 쉬운 일이 아니지요. 그런데 갑자기 6만 원대에서 2만 원대 분유로 바꾼다는 건 이해가 가지 않는 행동 아닙니까?"

"그거야 양심의 가책을 느껴서……."

"양심이라는 것은 기본적으로 적응의 문제입니다. 6개월 동안 양심의 가책 없이 절도하던 사람이 갑자기 가책을 느끼고 절도 품목으로 저가형으로 바꾼다는 건 말도 안 됩니다. 더군다나 이 기록에 따르면 절도범의 아이는 생후 6개월이라고 되어 있네요."

"그러니까 그가 도둑질을 했다는 가장 확실한 증거가 아니겠습니까?"

6개월 전, 즉 태어났을 때부터 갑자기 분유가 사라지기 시작했다. 당연히 그때부터 도둑질을 했다는 증거라는 이도한의 주장. 하지만 노형진의 생각은 달랐다.

"전 그게 그가 도둑질을 하지 않았다는 증거라고 생각합니다."

"뭐라고요?"

분명 아이가 태어나서부터 도둑질이 시작되었다. 그런데 도둑질을 하지 않았다는 증거라니?

"보통 어머니들은 아이가 태어나면 가능하면 젖을 먹여서 키우려고 합니다. 특히 가난한 집은 더욱 그렇지요 선택 사항이 없으니까요. 기본적으로 요즘은 과거와 다르게 분유라는 것을 모유의 대체제가 아닌 보충제로 취급합니다. 그러니까 태어나자마자 분유를 먹일 이유가 없다는 말이지요."

그 말에 듣고 있던 여자 변호사가 애써 항변했다. 아까 전 이도한을 따라서 6개월 형을 받아야 한다고 주장한 사람이었다.

"그렇지만 모유가 부족한 경우도 있지 않나요? 안 그런가요? 그런 거라면 분유를 훔친 이유가 되죠."

"뭐, 그럴 수도 있습니다. 하지만 아까도 말씀드렸다시피 분유는 이제 모유의 대체제가 아니라 보충제입니다. 즉, 소비에 한계가 있다는 말이지요. 그런데 사건 기록을 보면 한 달 평균 열 개 정도의 분유가 사라졌습니다. 일반적으로 대체제로 사용한다고 해도 열 개나 되는 분유를 먹는 아이는 없습니다."

"미리 훔칠 수도 있는 거 아닙니까?"

이도한이 태클을 걸었지만 노형진은 고개를 흔들었다.

"그게 그가 그동안 도둑질을 하지 않았다는 세 번째 증거입니다."

"세 번째 증거요?"

"네, 아이들은 예민합니다. 분유 회사에서 달마다 다른 성분으로 만드는 데에는 다 이유가 있습니다. 그런데 기록에 따르면 지난 6개월간 훔쳐 간 분유는 D 사의 산양초유 4단계입니다. 가장 비싸고 가장 잘나가는 고가 제품이죠. 상식적으로 아이를 먹이기 위해 훔친 거라면 아이의 상황에 맞는 제품을 훔쳤겠죠."

"음……."

"그러니까 이걸 훔친 사람은 이 사람이 아니라는 뜻이 되죠. 더군다나 이 사람은 상점에서 절도하는 장면이 카메라에 찍혔습니다. 그런데 지난 6개월간은 누가 훔쳤는지 찍히지 않았지요. 그러니까 지난 6개월간 훔친 녀석은 누군지 모르지만 카메라의 위치를 알고 있었다는 겁니다. 최소한 매장에서 훔치면 걸린다는 걸 알고 있었다는 거죠."

"허?"

생각해 보면 이상하다. 지난 6개월간 한 번도 걸리지 않았던 도둑이 갑자기 걸려서 처벌받는다?

"아마도 제가 봤을 때는 이번 가해자는 다급한 마음에 충동적으로 저지른 초범일 겁니다."

"그럼 범인은 누구라고 생각하시나요?"

MC가 묻자 노형진은 잠시 생각에 잠겼다. 여러 가지 가능성이 있다. 일단 직원일 수도 있고 다른 사람일 수도 있다.

'일단 다급한 부모는 아닌 것 같아.'

훔쳐 가는 양이나 질을 봐서는 다급한 마음에 훔쳐 가는 사람은 아니다. 도벽? 도벽을 의심하기에는 분유는 좋은 물건이 아니다. 덩치가 커서 들고 나가기 힘들기 때문이다.

"아마도 창고에 접근할 수 있는 사람일 겁니다. 그리고 돈이 좀 필요한 사람일 테고요."

창고에 접근할 수 있어야 걸리지 않고 훔칠 수 있다. 도둑질을 아는 순간은 분명 재고 검사를 할 때일 테니까.

"돈요?"

생각지도 못한 말에 MC는 다시 물어봤다.

"네, 돈요."

"어째서 그렇게 생각하십니까?"

"분유는 생각보다 현금성이 강합니다. 특히 이런 분유는 고가인데 아무래도 수많은 어머니들이 이런 걸 싸게 먹일 수 있는 방법을 찾으니까요. 6만 원짜리 분유이니 5만 원에 내놔도 잘 팔릴 테고 한 달에 열 개 정도 사라졌으니 약 50만 원입니다. 적은 돈은 아니죠."

"그럼 노형진 변호사님은 누구라고 생각하십니까?"

그 말에 곰곰이 생각하던 노형진은 미소를 지으면서 가볍게 말했다.

"글쎄요……. 저라면 피해자에게 아이가 있다면 그 아이를 의심하겠는데요, 하하하."

물론 마지막 말은 그냥 반쯤은 농담으로 한 말이었다. 가장 가능성이 높았기 때문이다.

⚖

"지난주 사건에 대한 조사가 끝났다네요."

다음 주 촬영이 시작되자 MC는 왠지 흥분한 모습이었다. 그걸 보고 고개를 갸웃하는 사람들. 설마 지난주 방송분에서 뭔가 잘못된 걸까 하는 생각이 들었다. 하지만 그의 행동을 봐서는 나쁘게 끝난 건 아닌 듯했다.

"분유 사건의 주범이 잡혔답니다. 그 가게를 운영하는 분의 아들이었네요. 분유를 훔쳐서 인터넷에서 팔아 유흥비로 사용했답니다."

"헐?"

"진짜였어?"

변호사들은 눈을 크게 뜨고 노형진을 바라보았다. 설마 그게 맞을 거라 믿지 않았던 것이다.

"사실을 알게 된 슈퍼마켓 주인은 생계 때문에 절도했던 분을 용서해 주셔서 훈방으로 끝났다고 합니다."

그 말에 어깨를 으쓱하는 노형진.

'뭐, 보통이지.'

사건 내부의 상황을 조금만 보면 뭐가 이상한지 알아내는 것은 어려운 일이 아니다. 다만 그걸 알아내기 위해 그 내면을 보는 것이 쉬운 일이 아니라는 게 문제이지.

"노 변호사님, 어떻게 아셨나요?"

"글쎄요. 그냥 전 사건 자체를 본 것뿐입니다. 모든 사건이 짠 하고 일어나는 2차원적인 문제는 아니거든요. 대부분의 사건은 여러 복합적인 문제들이 엮여서 생기는 것이니까요."

그걸 보면서 변호사들은 뒤에서 웅성거릴 수밖에 없었다.

"이런 게 가능해?"

"글쎄? 생각해 본 적 없는데?"

"가능하겠지."

사실 대부분의 변호사들은 그저 사건이 벌어지면 그 법이 어디에 해당되고 또 어떻게 설명해야 하는지에만 집중한다. 하지만 변론은 기본적으로 무죄를 증명하는 과정. 당연히 그 사건이 성립되지 않을 요소를 찾아야 하지만 그러지 못하는 게 보통이었다.

"그럼 다음 사건을 진행해 볼까요?"

MC는 기대에 찬 듯 다음 사건을 꺼내 들었다.

"다음 사건은 강원도 양구에서 온 사건입니다. 이번 사건에 중점은 과실수에 대한 배상입니다. 땅 주인은 외부인으로 그 땅을 산 지는 5년쯤 되었답니다. 그런데 얼마 전 주인이 와서 그곳에서 과수원을 하는 신청인에게 퇴거하라고 겁주고 갔답니다. 결과적으로 자기는 그 땅에서 애지중지 키운 감나무 농장을 빼앗기게 되었다고 하는데요. 여러 변호사분들의 생각은 어떠신가요?"

"그 퇴거의 이유가 뭐지요?"

"그곳에 은퇴 후 지낼 집을 짓는다고 한답니다."

"흠……."

그 말에 변호사들은 각자 생각에 빠졌다. 그리고 몇몇은 노형진, 아니면 이도한을 바라보았다. 아마도 그들의 말을 듣고 싶었던 모양이다.

"당연히 나가야 하는 거 아닙니까? 다른 사람도 아닌 땅주인이 나가라는데요."

"하지만 의뢰인은 전 주인과 5년 전에 임대차계약을 맺었다고 합니다."

"그거야 전 주인과의 관계일 뿐이죠. 더군다나 그 땅은 10년 전에 구입했다면서요? 그럼 전 주인은 아무런 관련도 없는 사람입니다. 그와 계약했다고 해도 대항력이 생기지는 않습니다."

"그렇지요."

"그러니 나가는 수밖에 없습니다. 억울하면 전 주인에게 손해배상을 청구할 수는 있겠습니다만."

이도한이 말을 꺼내자 몇몇이 그의 의견에 동조하면서 의견을 내기 시작했다. 하나 노형진은 그걸 보고만 있을 뿐이었다.

"최민선 변호사님은 어떻게 생각하십니까?"

"이 사건도 좀 이상한 것 같기는 한데요."

그가 말을 꺼내자 여기저기서 쿡쿡거리는 비웃음이 터져 나왔다.

"저 인간 또 저러네."

"맞아, 또 저러네."

"뭐든 이상하다지?"

"그거야……."

그 말에 최민선의 얼굴이 붉게 물들었다. 하지만 노형진은 의외로 그가 실력이 좋다고 생각했다.

'부족한 것은 경험뿐인가?'

대한민국에 있는 법이 한두 개도 아니고 그걸 모두 기억할 수는 없다. 하지만 아무래도 사람은 경험의 동물이다 보니 한번 사건을 처리한 것은 기억하기 마련이다. 즉, 최민선은 능력은 있는데 아직 법 자체에 대한 경험은 그다지 많지 않다는 뜻이다.

'쓸 만할지도 모르겠어.'

노형진이 그렇게 생각하는 사이 최민선은 몇 가지 가설을 내놨지만 이도한의 역공에 막혀서 제대로 먹히는 것은 없었다.

"결국 다들 나가야 한다는 말씀이시군요. 그럼 노형진 변호사님은 어떻게 생각하십니까?"

"글쎄요."

노형진은 사건 기록을 보면서 잠시 침묵을 지켰다.

"확실히 최민선 변호사 말대로 이상한 점이 많은 사건입니다."

은근슬쩍 최민선을 편들어 주는 노형진. 그 말에 이도한의 얼굴이 사정없이 찡그려졌다.

"그런가요?"

"네, 특히 10년이나 관리하지 않았다는 점에서 더욱 이상합니다."

"더욱 이상하다?"

"네."

노형진은 다른 변호사들을 힐끗 바라보았다. 분명 저들도 이 법을 배웠을 것이다. 하지만 그들은 기억하지 못하고 있었기에 노형진처럼 생각하지 못할 가능성이 높다.

"일단 과수원이 생긴 지 5년이라는 점이 좀 이상하군요."

"어째서죠?"

"목적에서 드러나죠. 사람은 목적에 맞게 땅을 삽니다. 10년 전 이 땅의 주인은 은퇴 후를 위해서 땅을 샀다고 했습니다. 그런데 은퇴 후 시골에 내려올 생각이라면 대지를 사지, 과수원 자리를 사지는 않습니다. 아예 용도가 다릅니다. 집을 지을 수 있는 건 대지이지만, 과수원은 농지에 해당되니까요."

그 말에 표정이 딱딱해지는 변호사들.

그들은 그 부분은 생각하지 못했다. 상식적으로 시골에 내려가려고 하는 사람은 농사가 목적이 아닌 이상 대지를 구입하려고 하지, 농지를 구입하지 않는다. 더군다나 이 땅은 모두 농지다. 즉, 집을 지을 수가 없는 곳이라는 뜻이다.

"하지만 분명 전 주인이랑 계약했다고 하지 않았습니까? 그게 무슨 의미가 있다는 건가요? 전 주인은 말 그대로 전 주인일 뿐입니다. 그 토지에 대한 관리 권한이 없는 사람에게 계약했다면 아무런 대항력도 가지지 못합니다."

이도한은 노형진의 의견을 애써 폄하하면서 비웃었다. 하지만 노형진의 생각은 달랐다. 누가 봐도 이 뒤에는 다른 이유가 있었다.

"글쎄요. 전 농장이 생긴 5년 후보다는 그 5년 전에 집중 해야 한다고 생각합니다."

"농장이 생기기 전인 5년 전에요?"

"네, 기본적으로 농지는 사용하지 않고 놀리면 벌금이 나 갑니다. 1년 정도는 휴경지라는 명목으로 쉴 수도 있겠지만 5년이나 놀리면 당연히 벌금이 나오지요."

"그런 게 있었어?"

처음 듣는 말이라 어리둥절해 하는 변호사들.

'하긴 너희들이 알 리 없지.'

여기 있는 변호사들은 대부분 도시에서 활동하는 도시인 이다. 시골에서 벌어지는 문제에 대해서는 거의 알지 못할 것이다.

"그런 법이 있습니다. 원활한 식량 확보를 위한 법이지요. 그런데 5년 전에 계약했다고 한다면 지난 5년은 아무것도 안 했다는 뜻인데 그에 대한 벌금 내역이 없거든요. 이상하지 않습니까?"

"흠?"

그게 뭐가 이상하냐는 얼굴이 되는 변호사들. 하지만 최민 선은 뭐가 잘못되었는지를 알아챈 듯했다.

"누가 관리했다는 뜻이군요."

최민선의 말에 고개를 끄덕거리는 노형진.

"맞습니다. 5년 전에도 누군가 관리했다는 뜻이지요. 그리고 여러 가지 가능성을 따졌을 때 아마도 현 주인은 전 주인에게 일종의 관리를 맡겼을 가능성이 높습니다."

"관리?"

"관리라니?"

사건 기록에 전혀 없는 이야기가 나오자 다들 고개를 갸웃하는 사람들.

"뭐든 해야 벌금이 나오지 않으니까요."

"자세하게 설명해 주시겠습니까?"

노형진의 의견에 좀 더 관심을 보이는 MC.

노형진은 그에 대해 좀 더 자세하게 설명하기 시작했다.

"네, 이 땅의 경우 농지로 분류되는데 10년간 관리하지 않았다면 벌금이 날아갔겠지요. 과수원이 생긴 것은 5년 전, 그러니까 아무리 못해도 지난 5년간 벌금이 부과되었어야 한다는 겁니다. 하지만 그러지 않았지요. 그렇다면 누군가 그 땅을 지속적으로 농사에 사용했다는 뜻입니다."

"아하."

대한민국 법률상 법에서 정한 휴경지를 제외한 나머지 농토를 놀리는 경우 벌금을 납부하게 되어 있다. 원활한 식량 공급을 위한 법률이다. 한두 해 정도야 모른다고 넘어갈 수도 있겠지만 무려 10년이나 이렇게 넓은 땅을 아무것도 안 하고 놀릴 수는 없는 노릇.

"아마도 원래 주인은 전 주인에게 관리를 맡겼을 겁니다. 쉽게 말해 전 주인이 대리인이 되는 거죠. 전 주인의 입장에서는 손해 볼 일이 없죠. 자기 땅도 아닌데 농사를 지을 수 있으니까."

노형진은 사건 기록을 넘겨서 전 주인의 나이를 확인했다.

"그런데 전 주인의 나이는 현재 일흔한 살. 농사일이 힘들 나이입니다. 더군다나 이 땅은 기본적으로 비탈로 되어 있어 더욱 농사짓기가 힘들죠. 하지만 거기를 놀릴 수는 없습니다. 만일 놀렸다가 벌금이 나오면 자신에게 그 책임을 물으려고 할 테니까요."

"그럼?"

"다른 방법이 있죠. 다른 임대인을 구하는 겁니다. 그리고 그 임대인이 이번 사건의 의뢰인일 겁니다……."

"아!"

사건 기록만 봐서는 알 수 없는 내용이었다. 누구도 예상하지 못했다. 하지만 노형진은 그것만으로 그곳에 무슨 일이 벌어지는지 예상한 듯 계속 말을 꺼냈다.

"엄밀하게 말해서 이건 무단 점유가 아니라 대리인의 표기에 따른 법률적 문제입니다. 전 주인은 해당 토지를 관리하면서 외부에 그 땅에 대하여 주인에게 대리권을 받은 형태로 활동하였고 그걸 믿은 의뢰인은 그 대리인 관계를 믿고서 과실수를 심었을 것입니다. 대리인이 한 계약은 주인에게도 영향을 미치기 때문에 그들의 말대로 퇴거에 응할 이유가 없습니다."

"아!"

노형진의 말에 사람들은 탄성을 내질렀다.

"그런데 왜 이제 와서 달라고 하는 겁니까? 상식적으로 노변호사님 말씀대로 은퇴 후 물러나서 살 거라면 이 땅은 필요 없는데요."

노형진에게 반박하는 이도한. 하지만 노형진은 그 땅주인이라는 인간이 왜 갑자기 달라고 하는지 알 것 같았다.

"그러니까 달라고 하겠지요."

"네?"

"일단 대지가 아니니 내려와서 집을 지을 거라는 건 말도 안 됩니다. 그리고 총 2만 평이나 되는 곳인데 그곳에 다 집을 지을 이유가 없죠."

"그런데 왜 달라고 하는 거죠? 노 변호사님의 말씀대로라면 달라고 할 이유가 없는데요."

"욕심이죠."

"욕심?"

"과수원 나무의 수명을 아시나요?"

"엥? 나무에 수명이 있어?"

"그런 소리는 처음 들었는데?"

변호사들은 생각지도 못한 노형진의 말에 고개를 갸웃했

다. 하지만 노형진은 그 땅주인이라는 사람이 왜 나가라고 했는지 벌써 알아챈 상태였다.

"기본적으로 나무도 수명이 있습니다. 물론 인간이 생각하는 그런 것과는 좀 다릅니다. 상품성이라고 해야 할까요? 과실수가 자라서 적당한 상품의 과실을 생산하는 시기는 5년부터 20년 사이입니다. 그 이상 된 나무에서 나오는 과실들은 상품 가치가 떨어지게 됩니다. 그래서 과실수 농사를 하는 분들은 매년 오래된 과실수를 조금씩 새 나무로 바꿉니다. 그래야 지속적으로 수익이 나니까요. 그런데 이곳은 모든 나무가 5년밖에 안 되었습니다. 실질적으로 최대 수익이 20년간은 보장됩니다. 그런 땅이라면 엄청나게 비싸지지 않겠습니까?"

즉, 그 땅주인이라는 사람은 그 땅을 비싼 가격에 팔기 위해 그를 쫓아내려고 했을 가능성이 높다.

"일반적으로 과실수가 제대로 과실을 생산하려면 3년간 키워야 합니다. 아무런 보상도 받지 못하고 3년간 키워야 하니 처음 2년은 나무가 어려서 과실이 열린다고 해도 충분한 상품성이 안 나오죠."

"그럼?"

"이건…… 사기에 대해서도 좀 알아봐야겠네요. 수상합니다."

생각지도 못한 역공에 다들 입을 쩍 벌렸다. 그리고 그건 생각지도 못한 방향으로 일이 터지기 시작했다.

그래, 현피 한번 떠 보자

"이런 염병할! 그 새끼는 뭐야!"

이도환은 자신의 사무실에서 탁자를 쾅쾅 내려치면서 분노를 감추지 못하고 있었다. 그도 그럴 것이 그 과수원 문제를 컨설턴트한 것이 다름 아닌 자신이었기 때문이다. 그런데 그게 방송국에 의뢰되었고, 하필 노형진이 해결한 것이다.

"내가 그걸 얼마나 준비했는데."

물론 10년 전에 살 때 준비한 건 아니다. 하지만 그 과수원이 잘 자라고 탐이 나자 그걸 빼앗기 위해 치밀하게 준비한 것이다. 그래서 모든 준비를 다 하고 쫓아내기만 하면 되는 상황이었는데 노형진이 방송에 나와서 한 말 때문에 몽땅 망해 버렸다.

"그 녀석, 노형진 아냐? 몰라?"

"누가 몰라서 그래! 썅! 왜 그 새끼는 우리 일을 사사건건 방해하냐고!"

"그러게 말이야."

노형진이 청계의 작전을 방해한 게 한두 번이 아니다 보니 청계 변호사들은 노형진이라면 이를 박박 갈고 있었다.

"악연인가 보지."

계속 충돌할 때마다 그들은 큰 피해를 입으면서 물러날 수밖에 없었다. 사실 이번 일은 피해라고 할 수 없을 정도로 다른 피해가 큰 경우가 많았다.

"젠장…… 그 새끼를 방송에서 한 방 먹여야 하는데."

"그럴 수 있겠어? 그러면 보너스는 확실하게 챙길 수 있을 텐데."

청계는 지난번에 만구파가 호되게 당하면서 그동안 심혈을 기울여서 관리하던 만구 키드들을 많이 잃어버렸다. 많은 수가 만구파를 탈퇴하거나 꼬리를 말았던 것이다.

"확실하게 한 방 먹여야 하는데."

안 그래도 새론이 점점 확장하고 있어서 자신들의 자리는 줄어들고 있는 상황이다. 더군다나 방송에서 노형진이 활약할수록 사람들이 새론에 더 많이 가 자신들의 자리는 점점 더 줄어들고 있었다.

"하긴 자네 말이 맞기는 해. 이참에 새론에 한 방 먹여야 해."

새론이 추구하는 정책. 모든 사람들에게 평등한 법률 서비스라는 것은 그들처럼 부자들과 결탁되어 있는 기업에게는 치명적이다. 그러니 새론을 어떻게 해서든 타격을 입혀야 한다.

"자금 압박으로 안 된대?"

"위에서 그 생각 안 해 봤겠냐? 그런데 새론 녀석들이 요즘 돈 버는 거 봐라. 대출이 있겠나."

"끄응."

　더군다나 건물 자체도 새론이 구해 준 사람으로부터 무척이나 싸게 빌린 것이라 건물에서 쫓아낸다는 식의 방법도 통하지 않았다.

"개새끼 같으니라고."

　이도한이 이를 바득바득 갈 때였다.

"이도한 변호사님?"

"뭐야!"

　문이 열리면서 들어오는 여직원에게 버럭 화내는 이도한. 그녀는 움찔하더니 작게 말을 꺼냈다.

"지금 오시라고 대표님이……."

"대표님이?"

"네."

"썅! 그런 건 빨리 말해야 할 거 아냐!"

"죄송해요."

"아오, 저 병신 같은 년."

그는 여직원에게 욕설하면서 옷을 단정하게 걸치고는 대표실로 향했다. 그러나 그 안으로 들어갔을 때 얼굴을 딱딱하게 굳힐 수밖에 없었다.

"이도한입니다."

"들어오게."

중심에 있는 남자. 그리고 그 주변으로 자리 잡은 사람들.

'7인의 왕좌.'

하급 변호사들이 그렇게 말하는 곳. 그러니까 법무 법인 청계의 이사회였다.

청계를 만들고 지배하는 자들. 찍히면 살아남을 수 없다는 말이 있을 정도로 강력한 힘을 가진 자들.

"이번에 방송에서 대대적으로 당했더군."

"죄송합니다. 그 사건을 방송국에 제보할 거라 생각하지 못해서……."

그는 사색이 되었다. 그냥 지는 것도 아니고 방송에서 대놓고 깨졌으니 청계의 이름이 떨어졌을 수밖에 없다. 당연히 저들에게 잘못 보였을 수도 있다.

"아닐세. 패배가 있을 수도 있는 거 아닌가?"

"그럼요, 하하하."

웃으면서 말하는 대표 변호사와 그런 그에게 맞장구치는 주변 사람들. 하지만 그다음 말 때문에 이도한은 침을 꿀꺽 삼켰다.

"그게 계속된다면 문제가 되겠지만요."

그러니까 다시 한 번 패배한다면 기회는 없을 거라는 일종의 경고.

"원하신다면 언제든 그 녀석을 꺾을 수 있습니다."

이도한은 그렇게 말했다. 그리고 그게 그들이 요구하는 것이었다.

"좋은 생각입니다. 안 그래도 한 번은 밟아야 한다고 생각하고 있었거든요."

"무슨 고견이 있으신지?"

"이번에 노형진이 방송에 나온 것은 의외입니다. 그 녀석은 언론 플레이를 위해 전면에 나서는 것이 아니면 공적인 활동은 거의 하지 않으니까요. 하지만 나온 이상 제대로 밟아 버릴 수 있는 기회가 온 겁니다."

"네?"

"원래 위명이라는 게 그런 거 아니겠습니까? 어차피 노형진의 이름은 아는 사람만 아는 상황이죠. 하지만 전국적으로 대대적으로 밟혀 버리면 어떻게 될까요?"

"그게 무슨 말씀이신지?"

이도한은 대표 변호사인 이명한의 말을 이해할 수가 없었다. 하지만 명령이 떨어졌을 때 그는 자신도 모르게 숨을 크게 들이킬 수밖에 없었다.

"노형진을 도발하십시오. 그 방송에 나오는 사건을 하나 잡아서 말입니다. 그렇게 된다면 그 사건을 통해 법원에서 노형진과 만나게 될 겁니다."

"헉! 설마?"

"그래요. 공중파를 이용해서 대대적으로 노형진을 밟아 버리는 겁니다."

아무리 노형진이 유명하다고 해도 결국 변호사일 뿐이다. 국민들이 다 노형진을 아는 것은 아닌 것이다. 애초에 방송에 변호사들이 출연하는 이유가 뭔가? 다름 아닌 지명도 때문 아닌가?

"방송에서 한 사건에 대해서 대립하다가 그 사건을 서로 반대쪽에서 담당하게 된다면 이슈가 되지 않겠습니까?"

"그…… 그렇지요?"

"그 상황에서 노형진이 밟혀 버리면 어떻게 될까요?"

"아!"

새론의 가치가 떨어지게 된다. 그리고 청계는 전국적으로 이름을 떨치게 될 것이다.

"좋은 생각이십니다."

이도한은 그들에게 아부했다. 하지만 이명한은 그런 그를 보면서 미소를 보였다. 하지만 그건 희망이나 기대가 아니라 비웃음이었다.

"좋은 생각이기는 하죠. 한 가지만 빼면 말입니다. 당신이 그를 이길 수 있겠습니까?"

"그……."

이도한은 쉽게 말할 수가 없었다. 그럴 수밖에 없는 게 지금까지 선배들이 노형진과 싸웠다가 매번 깨진 걸 봤기 때문이다.

사실 말로는 이길 수 있다고 하지만 실상 변호사로서 재판정이라는 전쟁터에서 만났을 때 이길 수 있을지는 확신할 수가 없었다.

"그럴 거라 생각했습니다."

"죄송합니다."

"어찌 되었건 그는 최고의 실력자이니까요."

이명한은 절대로 상대방을 깔보는 타입은 아니었다. 더군다나 상대는 노형진. 그들에게 벌써 몇 번이나 패배를 안겨 준 인물이다.

'그 녀석이 더 이상 크면 곤란해.'

솔직히 이번에 노형진이 출연한 것은 실수였다. 이번에 청계의 이름을 알리려고 이도한을 출연시킨 것인데 하필이면 동일 방송 게스트로 노형진이 나올 거라는 것을 예상하지 못했던 것이다.

'하지만 위기가 기회인 법.'

그가 봤을 때 노형진은 지금까지 승자로서만 살아온 인간이었다. 그러니 이렇게 한번 자신이 음모를 짜서 밟아 버리면 재기하지 못할 거라 판단했기에 기회라고 생각한 것이다.

보통 승리자의 삶을 살아온 사람은 큰 패배를 겪으면 재기를 잘하지 못하거나 재기하더라도 오래 걸리니까.

"객관적으로 당신의 실력은 노형진보다 부족합니다. 그냥 나오는 사건을 가지고 처리한다면 분명 당신이 지겠지요."

"죄송합니다."

"죄송한 걸 알면 제대로 일하세요. 방송에 나와서 그 꼴이 뭡니까?"

다른 이사가 얼굴을 찌푸리면서 타박하자 이도한은 입을 다물 수밖에 없었다. 하지만 이명한은 그런 그를 손을 들어서 진정시켰다.

"간단하게 가지요. 우리가 사건을 만듭시다."

"네?"

"우리의 주특기가 뭡니까?"

"그거야……."

말은 하지 않았지만 법을 이용한 장난을 치고 부자들의 이권을 챙기는 것이 바로 이들의 주특기다.

"우리가 사건을 만들어서 제공하는 겁니다. 그리고 절대로 저 녀석이 이길 수 없는 사건을 만들어서 말이지요."

"하지만 그걸 그가 하려고 할까요?"

"우리 청계의 능력을 무시하는 건가요?"

"아…… 아닙니다. 그런 게 아니라……."

이명한의 말에 등골이 오싹해지는 이도한이었다.

"우리가 힘을 써서 그가 담당하게 할 겁니다. 그리고 그걸 얼마나 화려하게 이길지는 당신에게 달린 거죠. 당신이 이긴다면 아마 당신의 미래는 바뀔 겁니다."

그 말에 이도한은 침을 꿀꺽 삼켰다.

위험한 짓이기는 하다. 하지만 이번에는 청계가 뒤에서 확실하게 도와줄 것이다. 방송국에서도 압력이 들어갈 것이고 판사들에게도 압력이 들어갈 것이다. 자신이 할 것은 방송을 통해 노형진을 제대로 잘근잘근 밟아 버리는 것뿐.

'기회다.'

지금의 기회만 잘 잡으면 자신은 이 안에서 크게 성공할 수 있을 것이다. 얼마나 좋은 타이틀인가. 천재 변호사를 꺾은 노력형 변호사라니.

그는 고개를 푹 숙였다.

"뼈를 깎는 노력을 하겠습니다."

"그래야 할 겁니다. 그러지 않으면 다음은 없을 테니까요, 후후."

⚖️

"저놈, 왜 저래?"

노형진은 요즘 들어 이상한 느낌이 들었다.

그도 그럴 것이, 얼마 전부터 청계의 변호사인 이도한이 사사건건 자신을 도발하기 시작한 것이다. 사건의 해결 방식이 해석에 따라 달라지긴 한다지만 그는 이상하리만치 집요하게 자신에게 적대적이며 대립각을 세운다고 할까?

"뭐, 그것도 홍보의 전략이기는 한데."

문제는 노형진이 매번 사건에 엄청난 통찰력을 이용해서 내면을 보고 판단하다 보니 대부분 그가 진다는 것이다. 대립각을 세워서 자신의 이름을 알리는 것도 기본적으로 상대방과 실력이 비슷하거나 승률이 비슷할 때의 이야기지, 말할 때마다 깨지는 그의 입장에서 지명도를 논하는 건 의미가 없어 보였다.

'뭐, 네 마음대로 해라.'

어차피 그는 그다지 관심이 있는 것도 아니었고 또 이 프로그램에도 3개월 정도만 참가할 생각이었다. 이런 광대놀음은 그가 원하는 삶이 아니니까.

그런 그가 의심하게 된 것은 다름 아닌 다른 변호사의 말 때문이었다.

"노 변호사님, 요즘 컨디션이 안 좋으세요?"

"네? 아니요. 멀쩡한데요. 왜 그러신지?"

"아니, 요즘 이상하셔서요."

"뭐가요?"

"방송에서 계속 말실수를 하시던데."

"네?"

말실수라니? 그런 기억이 없었기에 곰곰이 자신의 행동을 돌이켜보는 노형진.

'하지만 없는데?'

언론 플레이라고 하지만 어찌 되었건 기본적으로 방송을 이용하는 것이라 그 내면을 잘 알고 있는 노형진이다. 당연히 딱히 말실수라고 할 수 있는 부분은 없었다. 그런데 말실수라니?

"그런 적이 없는데요?"

"네? 하지만 어제도 그러셨잖아요?"

"어제?"

"네."

"어제는 촬영이 없었는데요?"

"아뇨, 어제 방송분요."

"그럼 지난 주말 촬영분이라는 건데."

노형진은 계속 기억을 더듬었지만 자신이 딱히 말실수하지는 않았다. 더군다나 자신이 계속했다고 하는 것은 지난 촬영분뿐만 아니라 다른 때에도 실수를 했다는 건데.

'그런 게 없는데?'

아무리 생각해도 그런 경우는 없었기에 노형진은 고개를 갸웃했다. 그러자 그제야 무태식은 뭔가 이상하다는 사실을 알아챘다.

"실수한 기억은 없는데요."

"그래요? 이상하네요? 계속 방송에서는 실수하던데."

"그게 무슨 말씀이신지?"

"방송 안 보세요?"

"좋아서 출연하는 것도 아닌데 봐서 뭐합니까?"

"흠…… 그럼 한번 보셔야 할지도 모르겠는데요?"

무태식의 말에 의심이 든 노형진은 사무실로 가서 자신의 방송 촬영분을 찾아서 보기 시작했다. 그러자 곧 얼굴이 딱딱하게 굳어지기 시작했다.

"이건 이때 한 대답이 아니군요."

"네?"

"대답한 타이밍이 다릅니다. 훨씬 전에 한 대답입니다."

"그게 무슨 말씀이신지?"

"당했군요. 편집입니다."

"편집요?"

"네."

이런 촬영분은 금방 끝나는 게 아니다. 당장 주말에 다섯 시간은 족히 촬영한다.

문제는 실제로 나가는 시간은 40분 정도라는 것. 거기에 중간중간 필요한 멘트나 사건 재현 장면 등을 삽입하고 나면 실질적으로 변호사들이 떠드는 시간은 20분에서 25분 정도. 당연히 편집해야 한다.

"절묘하게 제 대답을 편집했군요. 그리고 이 부분에 대한

제 답변은 거의 다 잘라 냈습니다."

노형진의 발언 중 그가 약간 수세에 몰린다거나 듣고 있는 장면은 나오는 반면, 그가 공격하거나 그의 말이 맞다는 것이 증명되는 장면은 거의 편집으로 날아가고 있었다.

"특히 제가 한 말 중 결말 부분이 있나요?"

"어, 그러고 보니?"

기억을 더듬어 보던 무태식은 한 가지 사실을 깨달았다.

"결말이 없네요?"

"그렇지요?"

대부분의 장면에서 노형진의 말 중 결말 부분은 거의 들어 있지 않았다. 대부분 노형진은 말을 꺼내고 대차게 까이거나 말해도 결말은 나오지 않는 식이었다.

"그럼 이렇게 말하지 않으셨다는 거예요?"

"하기는 했지요. 하지만 그걸 방송에서는 완전히 곡해하도록 짜깁기해 버린 겁니다……."

"어째서요?"

"글쎄요."

분명 자신이 꼭 필요하다고 삼고초려를 해서라도 데려가려고 했던 피디다. 그런데 갑자기 이렇게 변한 게 이상했다. 더군다나 자신이 촬영한 첫날 방송은 멀쩡하게 잘 나갔다. 첫 출연이라 그건 봐서 알고 있었다.

"아무래도 이거 전부 다 확인해 봐야겠습니다."

"전부 다요?"

"네, 뭔가 이상합니다."

"하지만 보면 아나요?"

"알지요. 일반적으로 이런 식의 편집은 악마의 편집이라고 합니다. 보통 누군가를 매장하거나 누군가를 띄우기 위해서 하는 경우가 많지요."

"매장까지야……."

"실질적으로 매장입니다."

아직은 악마의 편집이라는 말도, 그런 악의도 없을 테지만 실제로 미래에는 이런 악마의 편집 때문에 사회적으로 매장된 출연자도, 자살한 출연자도 있었다. 그러다 보니 악마의 편집 때문에 방송 중에 이탈하고 소송까지 불사할 정도였다.

'멍청한 연출진 때문이지.'

광고 수입이 있다 보니 진실되게 작품을 만드는 게 아니라 일단 이슈화시키는 게 중요했다. 문제는 그 이슈화라는 게 좋은 의미가 아니라 말 그대로 누구 하나 잡아 죽이는 식으로 이루어진다는 것.

"일단 이걸 함께 분석해 봅시다. 인터넷에서 다운받을 수 있죠?"

"네."

"그걸 다 보고 나면 저 녀석들이 무슨 짓을 하는지 알 수 있겠군요."

다음 날, 노형진은 다른 사람들과 더불어서 회의실에 있었다. 개인적인 출연인데도 불구하고 이렇게 정식으로 회의가 이루어진 것은 노형진이라는 존재가 새론을 대표하는 변호사라 새론의 이름에 누가 될 수 있기 때문이다.

"그러니까 지금 저들의 목적은 청계를 띄우는 거라고?"

"네, 어젯밤에 봤는데 지속적으로 그런 식으로 느껴지게 만들어지더군요. 특히 그들이 틀린 건 대부분 잘라 내고 있습니다."

"음……."

난데없이 청계가 연루되었다는 말에 얼굴을 찌푸리는 송정한. 이번에 새로 투자하면서 이사로 승진한 남상주는 그 말에 턱을 쓰다듬으면서 간단하게 해결책을 내놓았다.

"그만두면 되지 않나?"

"그러면 좋겠지만 지금 그만두면 청계와의 대결을 피해 도망친다는 식으로 언론 플레이를 할 겁니다."

"무슨 말도 안 되는……."

"안 되는 게 아닙니다. 딱 보니까 저와 청계, 아니 저와 이도한이라는 변호사의 대립각을 계속 세우더군요. 아마 그와 라이벌 관계를 만들고 싶은 것 같습니다."

물론 그 정도까지는 노형진도 이해한다. 하지만 방송국에서는 라이벌이면서도 이도한이 승리한다는 식으로 몰고 가고 있어서 문제였다.

"완전히 개놈들이군요."

무태식은 어이가 없었다. 노형진이 필요하다면서 삼고초려의 정신이랍시고 몇 번이나 찾아왔다가 대룡에게 광고 시간에 로열 시간을 주는 조건으로 데려간 사람이 방송국의 피디였다. 그런 사람이 이제 와서 노형진을 이렇게 무능하게 만들 이유는 없었다.

"뻔합니다. 제 이미지를 망치고 싶은 거죠."

"어째서요?"

"딱 보면 나오지 않습니까? 상대방은 청계입니다. 피디가 정당하게 저 자리에 올라갔다고 보이지는 않는군요."

"끄응…… 그렇겠네요."

청계의 무서운 점은 실력이 아니라는 것이다. 그곳 변호사들의 실력을 단순히 개개인에 초점을 맞춰서 본다면 노형진에게 제대로 교육받은 새론의 변호사들보다 더 떨어지는 이도 제법 많았다. 그럼에도 불구하고 청계가 노형진과 새론보다 순위가 높고 유명한 기업이 될 수 있는 것은 그들의 범죄 컨설팅 전략 때문이다. 의뢰인을 위해서는 범죄라도 컨설팅해 준다. 일견 모든 희생을 준비하는 것인 듯하지만 실상 내면을 보면 의뢰인에 대한 약점을 알고 있다는 뜻이 된다.

'그러니 절대로 청계의 손아귀에서 벗어나지 못하지.'

처음에는 간단하게 시작할지 모르지만 그 때문에 청계의 손아귀에서 벗어나지 못한 채로 그들에게만 사건을 맡기는 게 되어 결국 그들이 쥐고 있는 사건은 점점 더 많아진다.

'피디쯤 되면 정상적으로 올라갔다고 보긴 힘들지?'

다른 사람도 아니고 거의 국장이라고 불릴 정도로 높은 자리에 올라간 사람이라면 단순히 실력도 중요하지만 반대로 로비하거나 범죄에 대해 관련되어 있을 가능성도 높다.

'그렇다면 이게 다 이해가 가지.'

애써 자신을 불러온 게 처음에는 순수한 이유였을지도 모르지만 이제는 그 순수성을 의심할 수밖에 없는 상황이 되었다.

"어쩌실 거예요?"

"이런 식이면 계속할 이유가 없죠."

"그렇죠?"

"네, 슬슬 그만둬야겠네요."

다른 사람들과 달리 노형진은 광고해야 한다는 절박함 같은 게 없다. 어차피 저런 방송이 저런 식으로 한다는 것도 알고 나간 것이기에 열 받기는 하지만 다 뒤집고 싶은 생각도 없었다.

"그냥 그만둔다고요?"

"뭐. 방송이라는 게 그런 거니까요."

노형진이 순순하게 물러나는 듯하자 무태식은 별말 하지 않았다. 화가 나기는 하지만 당사자는 다름 아닌 노형진이니까.

"알겠습니다."

"너무 화내지 마세요. 방송이라는 게 다 그런 거니까요."

노형진은 다음 주쯤에 나가서 그만둔다는 이야기를 해야겠다고 생각했다.

⚖

쾅!

문이 열리면서 들어오는 남자.

노형진은 그런 무태식을 보면서 고개를 갸웃했다.

"무 변호사님, 어쩐 일이십니까 이 시간에? 오늘 쉬는 날 아니었어요?"

분명 오늘 무태식은 맞선이 있다는 이유로 못 나온다고 하기는 했다. 그런데 난데없이 이 시간에 나타났다는 사실에 노형진은 고개를 갸웃했다.

"노 변호사님, 도대체 이게 어떻게 된 일입니까?"

"어떻게 되다니요?"

"청계 녀석이랑 붙는다면서요?"

"청계 녀석들과 붙는다니, 무슨 말씀이십니까? 그나저나 오늘 맞선이라고 휴가 내셨잖아요?"

"맞선 보다가 뉴스 보고 튀어나온 겁니다."

"네?"

맞선을 보다가 튀어나왔다는 사실에 노형진은 어이가 없었다.

"상대방이 그렇게 마음에 안 들었습니까?"

"그건 아닙니다. 마음에 들어서 사정을 설명하고 나중에 애프터 약속을……. 아니 아니, 그게 아니라 중요한 건 그게 아니고 노 변호사님이라고요 지금 아주 대놓고 언론에서 난리란 말입니다."

"언론에서?"

"뉴스 안 보십니까?"

"오늘은 못 봤습니다만."

그 말에 무태식은 컴퓨터를 켜서 노형진에게 인터넷 뉴스를 보여 주었다. 인터넷상에서는 수많은 언론사들이 한 가지 소식을 전하고 있었다.

용호상박.

두 라이벌의 대결.

여러 가지 기사들이 있었지만 그 기사들이 하는 내용은 똑같았다. 방송에서 제일 핫한 두 명의 변호사가 실전에서 붙는다는 것. 그리고 그걸 예상하지 못하고 있던 노형진은 한방 먹었다는 표정이 되었다.

'이런…….'

"아셨습니까?"

"솔직히 몰랐습니다."

자신을 깎아내리기 위해서 방송에서 악마의 편집을 하는 것은 알고 있었다. 그러나 그것에 대해 그다지 관심이 없었다. 이러나저러나 자신에게 오는 일은 많기 때문이다. 그런데 자신과 이도한이 법정에서 제대로 붙게 되었다는 것은 예상하지 못한 소식이었다.

"도대체 어떻게 된 겁니까?"

"글쎄요……."

우연치고는 무척이나 공교로운 우연이다. 방송에서 한창 라이벌로 소문난 두 사람이 한 재판에서 만나게 될 줄이야.

'뭔가 이상한데?'

아무리 생각해도 이런 사건이 우연히 벌어지기에는 확률이 너무 낮았다. 더군다나 이도한은 방송에서 어떻게 보이든 자신보다 실력이 떨어진다는 걸 알고 있을 것이다. 그런데 재판에서 싸워 보겠다니?

"노 변호사, 있나?"

안으로 들어오는 송정한은 함께 있는 무태식을 보고 고개를 갸웃했지만 금방 이유를 알아챘다.

"자네도 알았나 보군."

"방금 알았습니다."

"그럼 간단하겠군. 좋지 않네. 이번은 물러나게."

계속해서 방송에서 악마의 편집으로 노형진이 불리하게 만든 건 둘째치고 실전은 전혀 다르다. 만일 지기라도 하면 제대로 이미지를 구기는 꼴이 되는 것이다.

"힘들 겁니다. 아무리 잘나가는 쇼 프로그램이라고 하지만 모든 언론들에서 이런 식으로 동시에 소식이 나간다는 건 있을 수 없는 일이니까요."

"그럼?"

"아마도 청계에서 손을 썼겠지요."

"끄응…… 그렇겠군."

한두 신문도 아니고 동시에 수십 개의 신문사들이 무슨 전쟁이라도 난 것처럼 두 사람의 대결을 이야기하고 있다.

"이 상황에서 제가 물러난다면 도망가는 꼴이 될 겁니다."

"그렇겠지."

그렇다면 제대로 싸워서 지는 것보다 더욱 최악의 상황이 되어 버린다.

"잘못한 새론에게 피해가 가겠지요."

"하지만 이번에는 너무 찜찜하네. 그동안의 저들의 행동을 봐서는 그냥 우연히 벌어진 것으로 보이진 않아."

"흠…… 그게 문제군요."

우연이라고 하기에는 시기가 너무 공교로웠다. 물론 그동안 청계와 새론이 부딪친 사건이 한두 번도 아니기는 하지만 마치 기다렸다는 듯 언론사에서 한 소리를 낸다는 건 말도 안 되는 일이었다.

"일단은 어떤 사건인지 알아봐야겠군요."

"하긴 그렇겠군."

저들이 저렇게 말한다는 건 이미 노형진이 담당 변호사로서 위임장을 법원에 제출했다는 소리가 된다.

"일단은 사건이 뭔지 알아낼 때까지 어떠한 공식적인 반응을 보여서는 안 됩니다."

"뭐?"

이도한은 벌써부터 마치 다 이긴 것처럼 기고만장한 말을 하고 있었다. 벌써부터 명품 변호니 철벽의 승리니 하면서 노형진을 깔보고 있으니 노형진은 어이가 없다 못해 이해가 가지 않을 정도였다.

'그 녀석은 그다지 실력이 좋지 않은데?'

노형진이 누군가를 깔보는 타입은 아니지만 그동안 방송하면서 본 이도한은 지극히 좁은 시야를 가지고 있는 타입이었다. 쉽게 말해 시험을 잘 봐서 판검사가 된 것일 뿐, 법 자체에 대한 통찰력은 많이 부족해서 복잡한 실전에서는 제대로 대응하지 못하는 타입이었다. 검사 때야 자신이 공격하는 것이니 문제가 안 되겠지만 변호사로서는 그건 치명적인 약점이 되었다.

"혹시 아는 거 있나?"

"전혀요. 방송 자체도 보지를 않아서요."

"흠…… 이거 그대로 진행해도 될까?"

송정한은 노형진의 캐비닛을 바라보았다. 노형진이 사건

기록을 보관하는 곳이다. 즉, 저 안 어딘가에 이번 사건이 있다는 뜻.

"원한다면 알아내서 빼 주겠네."

저쪽에서 어떤 사건인지 말하지는 않았지만 이쪽에서 찾으려고 한다면 못 찾을 건 없다.

하지만 노형진은 고개를 흔들었다.

"그럴 필요는 없을 겁니다. 어차피 저쪽에서는 제가 자신이 없어서 도망치는 거라고 할 테니까. 그래 봤자 우리한테 이득이 될 것도 없고요."

"그래도 영 찝찝한데?"

청계가 그냥 이런 일을 벌였을 리 없다.

"함정일 겁니다."

무태식은 걱정스러운 얼굴로 말을 꺼냈다. 사실 누가 봐도 함정일 가능성이 높다.

"뭐, 함정이라고 해도 깨부수면 그만이니까요."

"깨부순다라⋯⋯."

"네."

'한국은 아무래도 좀 다르겠지?'

미국에서는 승리를 위해 변호사 자체를 공격하는 경우도 있다. 변호사가 결격사유가 있어서 물러나면 새로운 변호사가 선임이 되는데 기존 변호사에 비해 사건에 대한 이해도가 떨어질 수밖에 없기 때문이다. 하지만 한국에는 아직 그런

게 없다.

'뭐, 그런 것들에 비하면 어렵지 않겠지.'

노형진은 너무 간단하게 생각하고 말았다. 미국에서 변호사에게 공격해 오는 것은 대부분 세무조사나 개인 생활에 관련된 불륜 조사 등이었기 때문이다.

"걱정하지 마세요. 그들이 원하는 일은 벌어지지 않을 겁니다."

노형진은 별로 걱정하지 않았다. 하지만 그게 그의 실수가되고 말았다.

"이 사건이었나?"

노형진은 사건 기록을 들고 법원에 가다가 한구석에 뭉쳐 있는 사람들을 보고 얼굴을 찌푸렸다. 그 안에 이도한의 모습이 보였기 때문이다.

'민사라고 예상은 했지만.'

노형진이 담당한 사건은 다름 아닌 민사였다. 정확하게는 미혼모의 양육비 청구 소송. 노형진은 여자 측의 부탁으로 소송을 진행하게 되었다. 즉, 이도한이 남자 측이라는 것.

"어이구, 노 변호사님, 오랜만입니다?"

"오랜만이라고는 말 못하겠네요. 그저께 봤잖습니까?"

"하하하, 반가워서 그러지요."

과도하게 웃는 이도한의 모습을 보면서 노형진은 고개를 갸웃했다.

'어째서?'

사실 노형진은 그에게 배당된 수많은 사건들 중 이 사건이 청계가 가장 장난칠 가능성이 낮다고 보고 있었다. 그럴 수밖에 없는 게 이건 유전자라는 확실한 증거가 있기 때문이다. 그런데 그걸 모를 리 없는 이도한이 너무 과도하게 자신감을 보이고 있는 것이 아닌가?

"이 변호사님, 라이벌의 대결이라고 하는데요."

"진짜로 승리에 자신하는 겁니까?"

이도한에게 달라붙어서 온갖 질문을 하는 기자들. 그리고 웃으면서 그들과 대화하는 이도한.

"승리는 자신합니다. 정의는 언제나 승리하는 법이니까요."

'정의 같은 소리 하고 자빠졌네.'

노형진은 그렇게 말하면서도 의심을 감추지 못하고 있었다.

"소인 양, 괜찮습니까?"

"네…… 괜찮아요."

왠지 불안한 얼굴로 기자들을 흘낏 바라보는 소인. 노형진은 그걸 보면서 얼굴을 찌푸렸다.

'하긴 기분이 좋을 리 없지.'

어찌 되었건 미혼모다. 외부에 자신의 얼굴이 드러나는 걸 원할 리 없다.

"일단은 들어가십시오. 기자들은 제가 상대하겠습니다."

"네, 감사해요."

"이은영 변호사님, 모시고 들어가세요."

"네!"

이은영이 먼저 의뢰인을 데리고 법원으로 들어간 뒤 노형진은 자신에게 다가오는 기자들을 바라보았다.

'기자까지 불렀단 말이지.'

기자들이 왔다는 것은 이도한이 분명 승리를 자신하고 있다는 뜻이다. 그럴 수밖에 없는 게 고작 이도한이 부른다고 올 기자들이 아니기 때문이다.

'그렇다면 기자들을 부른 건 청계라는 것인데.'

그가 고민하는 사이, 기자들이 다짜고짜 그런 노형진에게 마이크를 들이밀었다.

"노형진 변호사님, 이번 싸움이 라이벌의 대결이라고 소문이 자자한데요. 승리할 자신이 있는 겁니까?"

"승리라……. 변론은 게임이 아니지요. 의뢰인에게 최대한의 이득을 주는 것. 그게 변론입니다. 제가 이기고 지는 것은 전혀 상관없는 일입니다."

"그게 무슨 말씀이신지?"

"만일 제 패배가 의뢰인에게 필요하다면 그건 기꺼이 받아들이겠다는 뜻입니다."

"패배가 의뢰인에게 필요한 경우도 있습니까?"

"그건 가 봐야 알겠지요."

"이번 사건에 대해 몇 마디 해 주십시오."

"개인의 사건입니다. 필요 이상의 관심은 좀 그렇군요."

노형진은 자신을 부르는 기자들을 뒤로하고 재판정에 들어갔다.

'이상한 건 없는데.'

미혼모의 사건은 대부분 비슷하다. 남자는 여자를 본 적도 없다고 하거나 자신의 자식이 아니라고 주장하고는 한다.

"아, 글쎄, 저 여자는 본 적도 없다니까요."

아니나 다를까, 증인으로 나온 상대방 남자는 딱 잡아떼면서 본 적도 없는 여자라고 주장하고 있었다.

'이 경우는 뻔하잖아?'

이 경우는 대부분 한 가지 결과로 나타난다. 아니, 그것밖에 답이 없다고 해야 할 것이다.

"이번 사건과 관련하여 사실을 확인하기 위해 친자 검사를 요청합니다."

"인정합니다. 피고는 정해진 날짜에 검사 현장으로 오셔서 유전자 채취에 응하도록 하십시오."

"알겠습니다."

너무나 당연한 일이라서 그럴까? 이도한은 마치 예상이나 한 듯 받아들였다. 그러고는 잠시 피고 측과 이야기를 나누는 듯하더니 바깥으로 나가 버렸다.

"흠."

"수고하셨어요."

"아니요. 별말씀을요. 이제 유전자 검사만 하면 되겠네요."

"네, 그러면 이 아이의 아버지라는 게 드러나겠지요."

"네."

노형진은 그렇게 말하면서 뭔가 이상하다는 느낌이 들었다.

'아버지라는 게 드러난다?'

묘한 단어의 선택이었다.

'뭐지……? 뭔가 감추는 건가?'

노형진은 여자를 바라보았다. 하지만 아무리 봐도 뭔가 감추고 있는 듯한 느낌은 들지 않았다.

'설마 애 아빠가 저 사람이 아닌가?'

순간 그런 생각을 했지만 고개를 흔드는 노형진이었다.

'바보가 아닌 이상에야 요즘에 그런 사기를 치는 인간은 없지.'

유전자 검사가 옛날처럼 몇 달씩 걸리는 것도 아니고 흔하게 이루어지는 검사다. 검사 업체면 다섯 군데가 넘는다. 당연히 남자의 자식이 아닌데 그 아이로 사기를 쳐서 돈을 받아 내는 것은 실질적으로 불가능하다.

'그래서 많이 바뀌기는 했는데.'

과거에는 그런 게 없었기 때문에 친자 확인 소송이나 양육비 청구 소송은 불가능에 가까웠다. 하지만 지금은 아니다.

'아버지라……'

묘하게 거리감이 느껴지는 단어의 선택.

"이만 먼저 가 보겠습니다."

인사하고 가는 소인을 보면서 찝찝함을 감출 수가 없었다.

⚖

"소인 양이 뭔가 감추고 있는 것 같다고?"

"네."

"하지만 그건 자네가 직접 선택한 사건이 아닌가?"

"그렇지요. 하지만 저도 사람입니다. 제가 어떤 사건을 선호하는지 모르는 바가 아니니 저들도 그런 사건을 찾아서 제쪽으로 보내는 건 어려운 일이 아닐 겁니다."

'끄응…… 그런가?'

남상주 변호사는 턱을 쓰다듬었다.

"그녀가 뭔가를 감춘다라……. 그렇다면 그 아이의 아버지가 상대방이 아닌 거 아냐?"

"그건 아닐 겁니다. 수차례 확인하지 않았습니까?"

"그렇지."

아무리 남자가 감추고 싶다고 해도 유전자 검사 한 번이면 모든 게 드러나는 상황이니 여자가 집요하게 감춘다고 보는 것도 이상했다.

이것이 법이다

'흠……'

"하지만 우리가 확인한 건……."

"그렇지요. 분명 그 남자의 자식이 맞았습니다."

확인 방법은 간단하다. 그가 버린 쓰레기에서 그의 유전자를 얻는 것이다. 그건 법적으로 불법이 아니기 때문에 그걸로 유전자 검사를 하면 결과가 나온다. 법원을 통한 검사는 말 그대로 확인 절차일 뿐.

"그럼 저 녀석들이 장난칠 게 없는데요."

"그렇지?"

"흠……."

노형진은 조용히 침묵을 지켰다.

'기억을 읽을까?'

뭘 하든 그건 의뢰인과 이야기되어 있을 가능성이 높다. 그렇다면 의뢰인은 사정을 알고 있다는 뜻.

"의뢰인은 어디 있나요?"

"기자들을 피하고 싶다고 당분간 연락하지 않겠다네요."

"그래요?"

그 말에 얼굴을 찌푸리는 사람들. 뭔가 이상하기는 한데 확실한 것이 하나도 없는 상황.

"말도 안 돼요. 세상에 자기 변호사에게서 도망치는 의뢰인이 어디 있어요?"

이은영 변호사조차 어이가 없다는 표정을 지었다. 노형진은 문득 한 가지 가능성을 생각했다.

"그럼…… 한 가지 방법이 더 있기는 합니다."

"다른 방법?"

"네."

"어떤?"

"사건 당사자와 직접 이야기해 보는 거죠."

"직접?"

"네, 그 당사자는 의뢰인뿐만이 아니니까요."

노형진은 마음을 굳혔다.

⚖

"합의는 없습니다."

선을 그으면서 앉아 있는 남자와 그 옆에서 비릿한 미소를 지으면서 노형진을 바라보는 이도한.

"합의 이야기가 아닙니다. 저는 변호사로서 사실을 확인하고 싶은 것뿐입니다."

"말해 보세요."

"진짜로 우리 의뢰인을 본 적이 없습니까?"

"말이라고 해요? 몇 번이나 말했잖아요, 그런 여자 본 적도 없다고."

상대방 남자는 격하게 거부 반응을 일으켰다. 하긴 자기 자식이 아니라는데도 와서 소송하는데 좋게 생각할 사람이 어디 있겠냐마는.

"사기도 치려면 제대로 치든가. 이거, 노 변호사답지 않은 실수를 하셨습니다."

깐죽거리면서 노형진을 무시하는 이도한. 그리고 그 말을 들은 노형진은 이도한을 이상하다는 얼굴로 바라보았다.

"사기라고요?"

"그렇지 않습니까? 누군지도 모르는 자식을 데리고 와서 자식이라고 돈을 내놓으라고 하면 당연히 사기지요."

"그러니까 내가 지금 사기를 치고 있다?"

"당연한 거 아닙니까?"

노형진은 화내는 대신에 이도한을 바라보았다. 그러고는 고개를 끄덕거렸다.

"그럼 더 이상 할 말은 없는 것 같군요. 이쯤에서 끝내죠. 먼저 가세요."

"뭐라고요? 이 인간이 장난하나? 바쁜 사람을 오라고 해 놓고 그거 하나 묻고 땡이야?"

"자, 자, 진정하시고. 실력이 없으니까 저러는 겁니다. 우리는 정의로 이야기하면 되는 겁니다."

슬쩍 자리에서 일어나서 상대방 남자를 데리고 나가는 이도한.

노형진은 그런 그를 힐끗 바라보다가 그들이 나가고 나자 남자가 손을 댔던 잔에 손을 올렸다.

"사기라…….."

아주 짧은 순간 이도한의 얼굴에 드러난 탐욕과 기대감.

'역시군.'

아니나 다를까, 그 커피 잔에서 읽은 기억 속에서 남자는 진짜로 의뢰인을 모르고 있었다. 물론 술을 먹고 한순간의 인연으로 생길 수도 있고 그렇다면 필름이 끊어져서 기억을 못할 수도 있는 일이다.

"사기란 말이지."

노형진은 그 무엇보다도 그 단어가 이 자리에서 얻은 가장 큰 정보라고 생각했다.

⚖️

"뭐?"

노형진의 질문에 고개를 갸웃하는 사람들. 노형진의 질문이 그들의 상상을 초월하는 것이었기 때문이다.

"그 남자가 그 아이의 아버지인 건 확인했는데 그 여자가 그 아이의 어머니인 것도 확인했습니까?"

"무슨 소리야? 어머니를 왜 확인해?"

"그렇지요. 일반적으로 친자 확인 소송에서 아이의 아버지는 확인해도 어머니는 확인하지 않지요."

"그게 무슨 말도 안 되는 소리야? 당연히 자기가 열 달 배 아파서 낳는 게 여자야. 그걸 확인할 이유가 없잖아?"

송정한은 말도 안 된다고 생각했다. 하지만 노형진은 그 사기라는 말에서 승리감을 보이던 이도한의 얼굴에서 그들이 판 함정이 생각보다 견고하다는 사실을 알 수 있었다.

"그렇지요. 그런데 우리 중에서 그 열 달 동안의 모습을 지켜본 사람은 없지 않습니까?"

노형진이 그 말을 하면서 주변을 둘러보자 침묵을 지키는 사람들.

그럴 수밖에 없다. 이미 태어난 아이를 데리고 시작된 소송이니까.

"잠깐…… 그러니까 지금 우리 의뢰인이 거짓말을 한 거라는 거예요?"

"이 변호사, 전에도 말했다시피 변호사는 의뢰인이 변호사에게 거짓말을 한다는 것은 기본적으로 기억하고 있어야 할 사항입니다."

"하지만 이건 양육비 소송이잖아요! 아이의 인생이 달려 있는데 어떻게……."

정상적인 관념을 가진 그녀의 입장에서는 이해하지 못하는 일일지도 모른다. 하지만 세상은 정상적인 사람보다는 비정상적인 사람이 더 많다.

"그것보다 더 돈이 걸린 일이지요. 그리고 내 아이가 아니라면 그 아이의 미래는 걱정할 이유가 없고요."

"헉!"

"설마!"

"네, 아마도 그 아이의 어머니는 의뢰인인 소인 양이 아닐 겁니다."

노형진에게서 생각지도 못한 말이 나오자 다른 변호사들은 입을 쩍 벌렸다.

"애 엄마가 애의 진짜 엄마가 아니다?"

생각지도 못한 상황에 경험이 많은 남상주 변호사조차 기가 막힌 얼굴이 되었다.

"아마도요. 저들이 손댈 수 있는 곳은 그것뿐입니다. 남자 쪽은 손댈 수가 없으니까요."

유전자 조사 결과가 나오면 아버지인지 아닌지가 확실하게 드러나는 상황이니 남자 쪽은 손을 댈 리 없다.

"그에 비해 여자가 신청한 양육비 청구 소송에서 여자의 유전자 검사를 한 적이 있던가요?"

"그…… 그게…… 없지……. 젠장, 당했군."

송정한도 사태가 이해가 가는지 허탈한 듯 그대로 축 늘어졌다.

"하지만 유전자 검사를 하면 결과가 나오는 건 여자 쪽도 마찬가지가 아닌가요?"

아직 경험이 없는 이은영 변호사는 고개를 갸웃했다.

이것이 법이다

"그래서 당했다고 하는 겁니다."

"네?"

"만일 우리가 계속 소송을 진행한다면 저쪽은 우리 측 의뢰인에 대해 유전자 검사를 신청할 테니 어머니가 아닌 게 드러나겠지요. 아마 그럼 언론을 통해 우리가 법적인 허점을 통해 사기를 치려고 했다는 식으로 이야기가 나올 겁니다."

노형진은 담담하게 말하고 있었지만 머릿속은 제대로 당했다는 생각에 복잡하기만 했다.

"그럼 지금 물러나면 되잖아요?"

"그러면 언론에서는 불쌍한 미혼모를 버렸다고 또 씹어 댈 거야. 지금까지 새론이 쌓아 올린 좋은 이미지를 한 번에 날려 버리는 거지."

"설마요. 우리가 얼마나 좋은 일을 많이 했는데."

"이 변호사, 원래 세상은 그런 거야. 좋은 일 하는 놈이 한 번 삐끗하면 네가 그럴 줄 몰랐다고 하고 나쁜 놈이 한번 좋은 일을 하면 그래도 좋은 구석이 있다고 생각하는 게 인간이라고."

송정한이 우울하게 말하자 이은영 변호사는 아무런 말도 할 수가 없었다.

"우리가 먼저 공개하면요?"

"변호사의 비밀 보호 의무를 저버리는 셈이 됩니다. 아마도 변호사 협회에서 제재가 들어오겠지요. 그리고 청계의 파

워로 봐서는 아무리 못해도 면허정지는 나올 겁니다. 애초에 변호사의 비밀 보호 의무 자체가 중요하기도 하니까요."

"그럼?"

"제대로 함정에 빠진 겁니다. 우리가 무슨 선택을 하든 이건 못 이깁니다."

노형진의 말에 회의실은 급격하게 얼어붙을 수밖에 없었다.

⚖️

"젠장, 이번에는 제대로 공들였네."

집으로 온 노형진은 벌러덩 누워 천장을 보면서 한숨을 쉬었다.

"제대로 함정에 빠졌어. 프로다 이건가?"

범죄를 계획해 주고 막대한 돈과 더불어 약점을 잡는 것이 청계의 방법이다. 그리고 그런 그들이 이번에 제대로 작정하고 나오자 노형진으로서도 쉬운 게임이 아니었다.

"그나마 최선의 선택은…… 내가 물러나는 것인가?"

만일 싸우게 된다면 저쪽은 새론과 노형진에게 사기꾼의 이미지를 씌울 것이다. 사실을 까발리면 징계를 피할 수 없다. 그나마 최선의 선택은 노형진이 물러나는 것. 그렇게 되면 새론과 노형진의 이미지는 도망가는 것처럼 보여서 망가지겠지만 다른 두 가지 선택처럼 완전히 나락으로 떨어지지는 않을 것이다.

"1년쯤 걸리려나."

그 이미지가 다시 제자리로 돌아가기 위해서는 1년쯤 걸
릴 것이다.

"망할 청계 놈들…… 완전히 역습당했어."

노형진조차 생각하지 못한 방법이었다. 설마 의뢰인을 조
작해서 보냈을 줄이야.

"끄응……."

머리를 북북 문지르는 노형진.

그때였다, 문이 열리면서 누군가 안으로 들어온 것은.

"응? 누나? 이 시간에 어쩐 일이야?"

"에헤헤, 동생."

"동생이라고 하는 거 보니 또 뭔 사고를 저지르셨어?"

"이히히."

거나하게 취해서 흔들거리는 누나인 노현아를 보면서 혀
를 끌끌 차는 노형진.

"웬일로 이렇게 술에 취했어?"

노형진은 일 때문에 따로 나와서 생활한다. 그러다 보니
아직 학생인 누나는 가끔 술을 마시고 그의 집에 와서 자고
가고는 했다.

"광석이 형이 바람이라도 피워?"

"그럴 리 없잖아. 히끅."

"하긴 그럴 리 없지."

박광석은 무척이나 정의 관념이 투철하다. 괴롭힘 당한 기억 때문인지 잘못되는 것을 그냥 두고 보는 타입이 못 된다. 그런 사람이 바람을 피운다니.

'차라리 부시 대통령과 후세인이 불륜 관계일 가능성이 더 높지.'

특히나 노형진의 누나인 노현아가 첫사랑인 관계로 여전히 그녀만 보면 껌뻑 죽는 그다.

"그냥 갑갑해서 한잔했다."

"왜?"

"그냥. 갑갑하더라. 미래도 불투명하고."

"누나가 불투명하면 다른 사람은 죽어야 해."

"그런가? 이히힛."

사실 노현아의 미래는 밝은 편이다. 동생이 잘나가는 변호사인 데다가 남자 친구인 박광석은 얼마 전 사법시험 1차를 가볍게 통과했다. 아마도 올해에 2차를 통과할 가능성이 높다.

"그래서 더 갑갑해."

"응?"

"주변은 다 잘났는데 나만 이런 것 같아서."

"아……."

노현아는 공부를 잘하는 것도, 특출 난 재능이 있는 것도 아니다. 그래서 자괴감을 가지고 있는 걸지도 모른다.

"괜찮아. 누나는 아주 좋은 어머니가 될 거야."

"네가 그걸 어떻게 알아?"

"그냥 알아."

회귀 전 그의 누나는 그 빌어먹은 놈 아래서도 아이들을 잘 키웠다. 아이들이 그 상황에서조차 바르게 자라났을 정도다.

"어떻게 보면 그게 가장 힘든 거라고. 사회적으로 성공하는 건 그냥 공부만 잘하면 되지만 좋은 어머니가 되는 건 타고나야 하는 거거든."

"호호호, 그건 좋은 말이네."

술에 취해서 벌러덩 침대에 누워 버리는 노현아.

노형진은 그런 그녀에게 이불을 덮어 주고 나왔다. 잠시 후 방 안에서 조용히 고롱거리는 소리가 들린 걸 봐서는 잠든 모양이었다.

"좋은 어머니라……."

거실에 있는 소파에 누워서 작게 중얼거리는 노형진. 가뜩이나 머리가 복잡한 상황에서 어머니라는 이름은 왠지 부담스러웠다.

"하긴 좋은 어머니가 되는 건 힘든 일이지."

이번 사건에 비교해서 중얼거리던 노형진의 머릿속을 문득 뭔가 스치고 지나갔다.

"그러고 보니……."

의뢰인은 아마도 이번 사건의 중심에 있는 아이의 친엄마가 아니다.

"근데 어떻게 그 아이가 그 남자의 아이라는 걸 아는 거지?"

만일 단순히 고아원에서 데리고 온 것이라면 그 아이의 아버지가 누군지 몰라야 정상이다. 그런데 그 남자가 아버지라고 정확하게 말했다. 심지어 만나는 순간까지 말했다.

노형진은 자리에서 벌떡 일어나서 전화기를 들었다.

"고문학 팀장님?"

"이 시간에 어쩐 일이십니까, 노 변호사님?"

"혹시 사람을 찾을 수 있을까요?"

"사람요? 의뢰인 말씀이십니까? 찾고 있습니다만 어디로 갔는지 아직……."

"아니요, 의뢰인 말고요. 이번 사건의 핵심을 쥐고 있는 다른 사람이 있습니다. 그를 찾는다면 어쩌면 사건을 해결할 수 있을지도 모릅니다."

그 말에 한참 침묵을 지키는 고문학.

이번에는 누구도 방법이 없다고 이야기했다. 심지어 노형진조차 말이다. 그런데 방법이 있다니?

"진짜로 있는 겁니까?"

"네, 하지만 좀 복잡할 수도 있습니다. 가능하겠습니까?"

"가능하게 해야지요. 꼭 해내겠습니다. 누구를 찾아야 합니까?"

"아이요."

"네?"

"아이 말입니다. 어차피 의뢰인은 청계 쪽에서 감춰 두고 있을 겁니다."

"아이도 같이 있을 텐데요?"

"그렇지요. 하지만 청계라도 해도 아이의 출생 기록을 조작하지는 못할 겁니다. 그걸 추적할 수 있다면 그 생모를 찾을 수 있지 않겠습니까?"

"아!"

대한민국은 모든 출생과 죽음에 대한 정보가 기록된다. 설사 고아원에서 데리고 온 아이라고 할지라도 말이다. 당연히 그 아이의 기록을 찾는다면 그 생모를 찾을 수 있을 것이다.

"아이 기록은 있죠?"

"있습니다. 바로 찾아보도록 하죠."

노형진은 전화를 끊고는 바로 다시 옷을 입기 시작했다. 방법이 생긴 이상 놀고 있을 이유가 없었다.

"함정이라……. 후후후, 그래, 정면 돌파해 주마."

"죄송합니다. 도무지……."

고문학은 고개를 푹 숙인 채로 고개를 흔들었다.

"아닙니다. 도리어 잘된 겁니다. 모든 게 위조라는 확실한 증거가 나온 셈이니까요."

대한민국은 태어나는 순간 국가의 관리하에 들어간다. 어디선가 몰래 낳아서 키우지 않는 이상, 태어나면 병원에서 정부에 신고한다. 그럼에도 불구하고 이소인의 아이인 미진에 대한 기록은 아무리 뒤져도 없었다.

"주민 번호는 있습니다만."

"그건 가짜로 받은 걸 겁니다."

그 또래의 아이들은 어리기 때문에 슬쩍 다른 아이인 것처럼 생일과 이름만 바꿔서 올리면 신생아로 등록된다. 실제로 그런 사기도 몇 번 있었고 말이다.

"우리에게 중요한 건 그 아이의 새로 발급받은 주민 번호가 아니라 그 아이가 어디서 태어났는지 알아내는 겁니다. 이소인 씨는 찾았습니까?"

"여전히 집은 비었습니다."

"그래요?"

아니나 다를까, 이소인은 자리를 비운 상황.

하긴 그럴 것이다. 노형진과 접촉이 많아질수록 사기가 걸릴 가능성이 높아지기 때문이다.

"아마도 청계의 보호를 받고 있겠군요."

"어째서요?"

"당연하죠. 어느 정도 상황이 무르익으면 양심선언이랍시고 이번 사기에 우리가 관련되어 있다는 소리를 해야 할 테니까요."

"끄응……."

그렇게 된다면 새론은 치명적인 타격을 입게 된다. 법무법인이 범죄와 직접적으로 연루되어 있다는데 누가 일을 맡기겠는가?

'그게 문제가 아니라 신의의 문제겠지.'

새론은 수많은 사람들의 지지를 받고 있다. 하지만 그런 소식이 들린다면 그 믿음은 순식간에 등을 돌릴 것이다.

"그 집으로 가 봐야겠군요."

"노 변호사님이 직접요?"

"네."

"하지만……."

아무리 의뢰인이라고 하지만 남의 집을 마음대로 열고 들어가면 분명 가택침입이 된다.

"그러니까 직접 열면 안 되죠."

"네?"

"우리에게는 범국민적 열쇠공이 있지 않습니까?"

"……?"

⚖

철컥!

문이 돌아가는 소리와 함께 안으로 들어가는 사람들.

그들은 이리저리 둘러보면서 얼굴을 찌푸렸다.

"흔적이 없군요."

"그래서 신고한 겁니다. 아무래도 중요한 사건 중이니까요."

"음……."

노형진은 마치 모른 척 경찰에 의뢰인이 실종되었다는 신고를 했고, 소송 중이며 실종되었다는 소리에 경찰은 당장 사람을 불러서 문을 따고 들어왔다.

"흔적이 있나요?"

"없습니다."

경찰이 문을 열고 안쪽을 뒤지는 사이, 슬쩍 안으로 들어오는 노형진.

'흠…… 확실히 애한테는 관심이 없군.'

여기저기 보이는 물건들과 명품들. 그러나 유아용품은 대부분 구석에 잔뜩 쌓여 있었고 그나마도 사용 흔적이 거의 보이지 않았다.

"실종 전에 아무런 말도 없었습니까?"

"네."

"큰일이군요."

단순한 실종이라면 이렇게 서둘러 문을 따지는 않았을 것이다. 하지만 소송 중 당사자가 사라진 사건인 데다가 그 사건 자체가 워낙 유명한 것이었다. 물론 그건 청계가 노형진을 사회적으로 매장시키기 위해 사건을 최대한 언론에 노출시킨 덕분이었다. 그런데 그것이 도리어 노형진에게 빠르게 움직일 수 있는 기회를 준 것이다.

"일단 당장 수배하겠습니다. 이런 경우 용의자는……."

"알고 있습니다."

용의자는 대부분 남자 측이 된다. 그러니 그에 대한 수배령이 떨어질 것이다.

'뭐, 미안하기는 하지만 제대로 아랫도리 관리 못해서 싸지른 잘못이라고 생각해라.'

아마 당분간은 상당히 경찰에게 시달릴 테지만 그다지 불쌍하다는 생각이 들지 않는 노형진이었다.

"어이, 과학수사 팀 불러."

노형진은 여기저기서 수사하는 경찰들을 스윽 지나쳐 쌓여 있는 유아용품으로 향했다.

'사용한 흔적은 거의 없지만 오래되기는 했어. 먼지 상태로 봐서는 이곳에 둔 지 상당히 오래되었다는 건데.'

그렇다는 건 이걸 받아 두고 아이에게 사용하지 않았다는 뜻. 단순히 아이 엄마가 아니라는 증거뿐만 아니라 누군가 지원해 줬다는 뜻이기도 하다. 관심 없는 이소인이 이걸 살 이유가 없으니까.

'흠…….'

노형진은 짐들을 뒤적거리면서 사이코메트리를 하기 시작했다. 하지만 대부분은 택배의 기억이나 이소인의 기억이었다.

그렇게 한참을 뒤적거리던 노형진은 얼룩진 옷을 집어 들었다.

"배냇저고리인가?"

하얀색의 아기 옷. 그건 누가 봐도 배냇저고리였다. 배냇저고리는 아이들이 태어나면 가장 먼저 입는 옷이라고 할 수 있다.

'보아하니 이거 제대로 빨지도 않고 집어 던진 모양인데?'

그러고는 방치한 모양이었다.

'나야 생큐지.'

노형진은 배냇저고리에 손을 올리고 사이코메트리를 하기 시작했다. 그리고 얼마 지나지 않아서 얼굴에 미소가 떠올랐다. 노형진은 조용히 경찰들을 지나서 바깥으로 나온 후 고문학에게 전화했다.

"고 팀장님, 의심이 가는 곳을 찾았습니다."

⚖

"찾았습니다."

노형진의 사람들에게 달려오자 다른 변호사들은 서둘러서 달려왔다. 그들은 노형진의 얼굴을 보면서 잔뜩 기대된 얼굴을 하고 있었고 잠시 후 고문학이 문을 벌컥 열면서 안으로

이것이법이다

들어왔다.

"확인해 본 결과, 화성에 있는 십자성모병원에서 출생한 기록이 있습니다."

노형진이 읽은 것은 강렬한 의지나 생각이 아니었다.

사실 신생아에게 그런 걸 기대하기는 힘들었다. 하지만 한 가지는 확실하게 알 수 있었다. 눈앞에서 움직이는 어른거리는 정체를 알 수 없는 무늬들. 물론 아이한테는 무늬겠지만 노형진은 그게 환자들이 입고 다니는 환자복이라는 사실을 알 수 있었다. 그 환자복에는 십자성모병원이라고 쓰여 있었던 것이다.

"어머니는요?"

"죄송합니다. 그것까지는······."

"아닙니다. 그것만 해도 충분합니다."

아마도 그 십자성모병원에는 어떤 식으로든 출생 기록을 가지고 있을 것이다.

"그곳은 제가 가 보겠습니다."

"간다고 방법이 있겠나? 아무리 그래도 의료 기록은 잘 주지 않을 텐데?"

"그래도 가 봐야지요."

아직 개인 정보 보호법이 생기기 전이기는 하지만 개인의 의료 정보를 쉽게 주지는 않는다.

"걱정 마세요. 의료 기록은 필요 없을 겁니다."

노형진은 히죽 웃었다.

"안 된다니까요."

아니나 다를까, 십자성모병원에서는 의료 기록은 줄 수 없다고 선을 딱 그었다.

"소송 중인 문제라니까요."

"그럼 법원의 허가를 받아서 오세요. 안 됩니다."

"그러면…… 끄응……."

법원의 허가를 받으려면 사실을 공개해야 하는데 그렇게 된다면 변호사의 비밀 보장의 의무를 저버리는 것이 된다. 그렇기 때문에 말할 수도 없는 노릇.

"역시 안 주는군."

함께 온 송정한은 불편한 얼굴이 되었다. 아이를 추적해서 진짜 부모를 찾아내는 것. 그러기 위해서는 의료 기록이 필수였다.

"안 줄 거라고 말씀드렸잖습니까?"

"그렇기야 하지만 말이야. 도무지 나로서는 방법을 모르겠네. 도대체 어째서 의료 기록이 필요 없다는 거야?"

"어차피 상대방의 신분은 뻔하니까요."

"응?"

노형진은 대답하는 대신에 접수를 보던 여직원에게 다가가서 슬쩍 미소를 흘리면서 그에게 몸을 기울였다.

"죄송한데 질문 좀 드리겠습니다."

"안 된다고 우리 간호사님이 말씀드렸잖아요."

송정한과 간호사의 싸움을 본 그녀가 불편한 얼굴로 바라보자 노형진은 아니라는 듯 손사래를 흔들었다.

"그건 아닙니다. 안 되는 건 알죠. 하지만 다른 거라면 상관없지 않겠습니까?"

"다른 것이라면?"

"이곳을 이용하는 미혼모 시설이 어디인가요?"

"네?"

개인 정보를 달라고 할 줄 알았는데 미혼모 시설에 대해 물어보는 노형진의 질문에 고개를 갸웃하는 직원.

"말 그대로 미혼모 시설에 대해서 여쭤 보는 겁니다. 그건 딱히 개인 정보도 아니잖습니까?"

"그거야……."

확실히 주변에 있는 미혼모 시설은 따로 개인 정보도 아니다. 사실 발품을 판다면 찾아내기 어렵지 않은 정보이기도 했다.

"어려운 부탁은 아니잖습니까?"

슬쩍 하얀 봉투를 건네는 노형진. 그녀는 잠시 떨리는 눈빛으로 주변을 보다가 그걸 챙겨서 서랍으로 스윽 넣었다.

그러고는 작은 쪽지에 뭔가를 끄적거려서 건넸다.

"나가는 문은 왼쪽입니다."

"감사합니다."

노형진이 고개를 끄덕거리면서 바깥으로 나가자 송정한은 그를 의아스럽다는 듯이 바라보다가 서둘러서 따라 나왔다.

"아니, 고작 미혼모 시설을 물어보다니? 그게 무슨 정보가 된다는 거야?"

"애아버지가 소송 당사자인데 결혼한 부부는 아닐 거 아닙니까?"

"아!"

양육비를 받기 위해 한 소송이고 애아버지가 당사자가 맞는 이상 결혼한 부부는 아닐 것이다. 그렇다면 어딘가 미혼모 시설에 있었을 가능성이 높다.

"그런데 그곳이 미혼모 시설과 연계되어 있다는 건 어떻게 안 건가?"

"이름에 성모가 들어가지 않습니까? 그건 보통 천주교 계열의 병원입니다. 그리고 천주교 계열 병원들은 주변에 있는 고아원이나 양로원, 미혼모 시설 같은 시설과 연계하여 의료 서비스를 제공하죠. 수익을 내려고 운영하는 민간 병원이 아니니까요."

"허…… 나는 몰랐네."

노형진의 말대로 수많은 천주교 계열 병원들은 주변의 지원 시설과 연계하여 의료 시설을 지원하고 있다. 그리고 노형진이 봤을 때 이 병원에서 낳았다면 당연히 이 병원과 연계된 미혼모 시설일 가능성이 높다.

"그거라면 그냥 찾아봐도 되는 거 아닌가?"

"모든 서비스가 다 지원되는 건 아니니까요."

아무리 성모 병원이라고 해도 모든 곳에 지원해 줄 수는 없다. 더군다나 비인가 시설도 있는 만큼 일일이 찾는 것은 오래 걸릴 수도 있었다.

"아마도 여기서 낳았다면 연계된 미혼모 시설에 있었다는 뜻이겠지요."

"그렇겠군. 생각지도 못한 의견일세."

"모든 게 다 연관되는 게 법이니까요."

노형진은 그녀가 적어 준 종이를 바라보았다. 그곳에 적혀 있는 두 곳의 이름.

"그리고 이곳에서 진짜 엄마를 찾을 수 있을 겁니다."

⚖️

"뭐라고요?"

미혼모 시설인 잉태의 집을 운영하는 수녀님은 노형진의 말에 무척이나 황당하다는 얼굴이 되었다.

"입양된 걸로 보이는 아이를 사기에 쓴다고요?"

"아마도 그렇게 추정됩니다. 그래서 확인을 위해서 어머니를 찾고 있습니다."

"어떻게 그런……."

확인 결과, 두 곳 중 한 곳에는 그 시기에 출생한 아이가 없었다.

"그래서 양해를 여쭙고자 하는 겁니다. 혹시 작년 8월쯤에 태어난 아이의 어머니를 아시나요?"

"작년 8월요?"

"네."

"남아인가요, 여아인가요?"

"여자아이입니다."

"여자……."

수녀는 잠시 침묵을 지키다가 한숨을 폭 쉬면서 고개를 흔들었다.

"우리 미혼모 시설에서 8월에 태어난 아이는 두 명입니다. 남아가 한 명, 여아가 한 명이죠."

그 말에 송정한의 얼굴이 환해졌지만 그걸 들은 노형진은 얼굴이 어두워졌다.

"그럼 어머니 되는 사람은……."

"아이를 입양시켰지요. 아마 그 아이인 듯하군요."

"드디어 찾았네!"

송정한은 환한 얼굴로 말했지만 사실 그다지 좋은 소식은 아니었기 때문에 두 사람은 얼굴이 어두워졌다.

"죄송합니다, 이런 일이 벌어져서."

"아니에요. 그 아이가 아이를 포기한 것도 자기 아이가 잘 살기 바라서 그런 거죠. 그런데 사기를 치는 데에 이용당한 다면…… 하아…… 얼마나 상심이 클지……."

과연 자기 아이가 싫어서 버리는 사람이 어디 있을까? 키울 수가 없어서 그리고 아이가 잘 크기를 원해서 입양을 보내는 것이 어머니의 마음이다. 그런데 그런 아이가 사기의 도구로 사용되고 있다는 사실을 안다면 얼마나 가슴이 아프겠는가?

"안 알릴 수는 없겠지요?"

"그렇겠지요."

수녀는 잠시 고민하는 듯하더니 결국 고개를 끄덕거렸다.

"당장 그 아이의 연락처를 드릴 수 없습니다. 아무래도 상처가 있는 아이인지라 누군가를 만나는 걸 두려워해서요."

"그럼 소식을 전해 주시겠습니까?"

"그렇지요."

"부탁드립니다."

노형진은 정중하게 부탁하고 바깥으로 나왔다. 그리고 우울한 얼굴로 하늘을 바라보았다.

"참…… 우울한 날이네요."

우중충한 하늘은 마치 노형진의 마음속처럼 회색으로 가

득 차 있었다.

⚖️

"진짜인가요?"

부들부들 떠는 작은 체구의 여자.

그녀는 분노와 당혹감 그리고 후회와 절망 등 온갖 감정에 휩싸인 채로 떨리는 몸을 가누려고 애쓰고 있었다.

"미진이가…… 진짜로 사기의 도구로 사용되고 있나요?"

"네, 여기 증거입니다. 사진과 소장……."

노형진은 그녀에게 그걸 내밀었고 그걸 본 여자는 부들부들 떨다가 결국 축 늘어지고 말았다.

"영미야, 힘내렴. 그래도 도와주러 여기까지 오신 분들이 있잖니."

수녀님은 그런 여자의 손을 잡고 어깨를 두들기면서 애써 기운을 북돋아 줬다.

"영미님, 아이가 맞나요?"

"맞아요. 시간이 지났지만 알아볼 수 있어요."

그녀의 말에 따르면 아이가 태어나고 난 후 고민하다가 결국 입양을 선택했다고 한다. 자신의 힘으로 아이를 키울 수는 없었고 주변의 도움을 받을 수 있는 상황도 아니었기 때문이다.

이것이 법이다

"그럼 그 이소인이라는 분은 아십니까?"

"몰라요."

"모른다고요?"

"네, 그 당시에 절 도와주던 분이 입양을 주선해 주겠다고 하셨어요."

"흠……."

노형진은 그 말에 약간 고개를 갸웃했다. 어떻게 아버지가 그인지 알았는지가 미스터리이기 때문이다.

"그럼 그 도와주던 사람에 대해 아시는 거 있습니까?"

"나이는 50대쯤 되는 아주머니였어요. 자원봉사하러 오시면서 저희들하고 친해지셨고요."

"혹시 뭐 들으신 거 있나요?"

"그렇진 않아요. 주로 조용히 듣는 편이셨기 때문에……."

"듣는 편이셨다?"

"네."

노형진은 어쩐지 이소인이 이런 정보를 많이 들을 수 있는 이유를 알 것 같았다.

"혹시 그녀가 들은 것 중에 아이들 아버지에 대한 정보도 있나요?"

"아마도요?"

"아마도라."

'대충 알겠군.'

아마도 그 여자는 계획적으로 접근했을 것이다. 그리고 이야기를 들어가면서 아버지를 찾을 수 있는 아이를 찾으려고 했을 것이고 그게 다름 아닌 영미였을 가능성이 높다.

"그럼 그 사람이 소개시켜 준 사람은 누구였나요?"

"30대 부부였어요."

"30대 부부라."

'치밀하군.'

분명 노형진의 추적을 피하기 위해 여러 번의 세탁을 거쳤을 것이다. 그 50대 여자가 소개시켜 주고 30대 부부가 입양하는 척하고 다시 이소인에게 아이를 넘기는 구조.

일반적인 상황이었다면 아마 아이의 신분은 세탁되면서 찾지 못했을 것이다. 하지만 노형진이 일반적인 경우에 해당되지 않는다는 것이 바로 패착이었다.

"이제 어떻게 되나요?"

"일단 두 가지 방법이 있습니다. 모른 척하고 지내시든가, 아니면 어머니로서 친권을 주장하면서 소송하시는 겁니다."

"소…… 소송요?"

"네."

노형진의 말에 약간은 안색이 어두워지는 영미. 아무래도 소송이라는 말은 부담스러운 모양이었다.

"물론 소송하신다고 하면 저희가 도와 드릴 겁니다."

"네? 하지만 그 사기꾼에게 일을 맡겼다고 하지 않으셨어요?"

"그렇지요."

"그런데 어떻게요?"

"원래 방법이 있는 법입니다. 다만 한번 그렇게 소송하게 되면 아무래도 신분이 드러나기 때문에 다시 입양시키는 게 어려우실 수도 있습니다."

"전……."

영미는 잠시 고민했다. 자신이 낳았지만 이제는 볼 수 없는 아이. 그 아이를 보내고 하루도 후회 없이 보낸 날이 없었다. 매일같이 어떻게 지내는지, 잘 먹고 잘 자는지, 학대 같은 건 없는지 고민하고 두려워했다.

"전…… 이번에는 제가 키우고 싶어요."

"직접 말씀이신가요?"

"네, 어차피 피할 수 없는 일이라면요."

그 말에 노형진은 고개를 끄덕거렸다.

"알겠습니다. 그렇다면 우리가 도와 드리지요."

이것이 역관광이다

쾅!

문이 열리면서 두 명의 남녀의 얼굴이 새파랗게 질렸다.

"무슨 일입니까?"

사무적으로 그를 응대하는 직원들.

"이게 도대체 뭡니까!"

"뭐요?"

"이거 말입니다!"

그들이 꺼낸 것은 소송장이었다. 그게 뭔지 모르는 사람들
은 고개를 갸웃했지만 마침 안에서 나오던 변호사가 그들을
알아보고는 얼굴을 찌푸렸다.

"여기는 도대체 왜 온 겁니까? 우리는 더 이상 할 말이 없

을 텐데요?”

　“우리 집으로 이런 게 왔단 말입니다!”

　그 변호사를 아는지 그에게 후다닥 다가간 두 사람. 그들이 내민 서류를 받아 든 변호사는 얼굴이 딱딱하게 굳었다.

　“이거 언제 온 겁니까?”

　“어제 왔습니다.”

　“이…… 이런.”

　그는 얼굴이 새파랗게 질렸다.

　‘어떻게 된 거지? 도대체 어떻게 안 거야? 말도 안 돼. 정보가 샌 건가?’

　그건 아이의 어머니에게서 온 내용증명이었다, 아이의 존재에 대해서 묻는 내용의.

　“답장하셨습니까?”

　“그건 아직…….”

　“당분간은 몸을 숨기고 계십시오. 이건 우리가 알아서 할 테니까.”

　“네? 무슨 소리입니까? 몸을 숨기라니요?”

　“우리가 알아서 한다니까요. 어서 나가세요.”

　청계의 변호사는 일이 틀어졌다는 사실을 알고는 재빨리 뒷수습하려고 했다. 하지만 노형진은 그걸 그냥 둘 리 없었다.

　땡.

　엘리베이터가 멈추는 소리가 나면서 그 안에서 들어오는

이것이 법이다

세 사람.

"강성우 씨, 변소담 씨, 맞습니까?"

"네? 그…… 그게…….."

"강성우 씨, 변소담 씨, 맞냐고요."

그 말에 강성우는 침을 꿀꺽 삼키면서 변호사를 바라보았다. 변호사는 상황이 최악으로 치닫고 있다는 사실을 알고는 슬쩍 고개를 돌렸다.

"대답이 없으시니 맞는 걸로 알겠습니다. 두 분을 인신매매 혐의로 체포합니다. 두 분은 묵비권을 행사할 수 있고…….."

다짜고짜 다가온 남자는 두 사람의 팔에 수갑을 채웠고 변소담은 변호사에게 소리를 지르기 시작했다.

"이봐요! 어떻게 좀 해 봐요!"

"이런 건 이야기가 없었잖아!"

"무슨 소리입니까? 이야기라니요?"

"아…… 아닙니다. 그나저나 이 두 분을 체포하는 이유가 뭡니까?"

일이 글렀다고 생각한 변호사는 막으려고 했지만 경찰은 품 안에서 체포 영장을 꺼내서 들이밀었다.

"인신매매입니다."

"인신매매?"

"네, 이들이 입양하겠다고 데려간 아이가 실종되었습니다."

그 말에 변호사의 얼굴이 사정없이 일그러지기 시작했다.

같은 시각, 청계의 바로 바깥에 주차된 차 안에서 노형진은 끌려 나오는 두 사람을 바라보고 있었다.

"저 두 사람이 맞지요?"

"네."

"그럴 거라 생각했습니다."

노형진은 그들의 주소로 내용증명을 보내는 한편 경찰서에 그들을 인신매매로 신고했다. 아니나 다를까, 그들은 내용증명을 받자마자 청계로 달려왔다. 즉, 애초부터 이번 사건에 청계가 연루되어 있다는 말이었다.

"잘 찍고 있지?"

"네."

뒷좌석에 앉아 있던 직원은 고개를 끄덕거렸다.

"근데 왜 경찰을 여기로 보낸 건가요?"

"저들이 청계와 이번 음모를 짠 거라면 여기로 올 수밖에 없는 상황이니까요."

"설마 아니라면?"

"그저 정체 모를 인간이 장난 전화한 것에 지나지 않았겠지요."

하지만 그들은 내용증명을 받자마자 급한 마음에 청계로 달려왔고 그들에게 떨어진 체포 영장을 집행하기 위해서 한

무리의 경찰들 역시 청계로 들이닥친 것이다.

"입양하고 난 후 다시 재입양시키거나 다른 곳으로 보내는 행동은 인신매매입니다. 대한민국에서 인신매매는 무척이나 처벌이 강력하지요."

"그럼?"

"네, 우리가 영미 씨의 말을 믿고 고소 · 고발을 해 봐야 결국은 민사로 끌고 가면서 시간을 끌 겁니다. 우리가 타격을 입고 난 후겠지요."

하지만 인신매매로 얻은 아이라면 이야기가 달라진다. 모든 사람들이 그렇지만 특히 아이에 대한 인신매매는 인간 말종으로 취급받기 때문이다.

"으아아, 놔!"

"아니야. 우리는 인신매매가……."

"그럼 애는 어디 있는데?"

끌려 나오던 두 사람은 거칠게 반항했지만 형사의 말에 순간 꿀 먹은 벙어리가 되어 버렸다.

"입양했다면서? 그런데 기록을 보니까 애들 물품을 사거나 유아 관련 기록이 전혀 없던데?"

"그거야…… 지…… 집에……."

"집? 웃기네. 벌써 너희 집을 뒤져 봤거든? 아무리 봐도 너희가 찾는 그런 건 없었어."

"헉!"

구속영장이 나왔는데 수색영장이 나오지 않을 리 없었다. 경찰은 그들의 아파트에 대해 수색영장을 집행했고, 그 결과 그 안에는 아이는커녕 아이 물품 하나 없다는 사실을 확인했다.

"자세한 건 경찰에 가서 이야기하면 되겠지. 이 상놈의 새끼들아. 세상에 팔아먹을 게 없어서 애들을 팔아먹어?"

아이가 있는 형사는 기가 막혔다. 자신은 아이들을 금이야 옥이야 키우는데, 그들은 그런 아이들을 돈 때문에 팔아먹다니.

"아니…… 팔아먹었다기보다는……."

"그럼 너희 계좌에 들어온 돈은 뭐야? 그 후에 너희 구매기록이 확 늘어났거든?"

"……."

"지껄이고 싶은 대로 지껄여라. 하지만 너희 같은 인신매매범은 절대 용서 못해."

경찰들은 그들을 끌고 갔고 그 뒤로 청계의 직원들이 나와서 걱정스러운 얼굴로 바라보기 시작했다. 그런데 그중에는 누구보다 걱정스러운 얼굴을 한 사람이 있었다.

그는 그들이 끌려가고 나자 서둘러 전화기를 들었다.

"접니다. 문제가 생겼습니다."

⚖

"그래서 애는 어디 있는데?"

경찰은 두 사람을 앞에 두고 물어봤다. 하지만 두 사람은 대답하지 않았다. 아니, 못했다.

"그게…… 아는 사람한테 맡겨서……."

"그러니까 그 아는 사람의 이름하고 주소를 대라니까."

"그건 좀……."

"말 못해? 설마 애를 죽인 거냐?"

"으흑! 아닙니다! 절대 아니에요!"

"그럼 다른 곳에 애를 넘겼다는 거 아냐! 애가 어디 있느냐고!"

"그게……."

결국 고개를 푹 숙이는 두 사람. 점점 그들의 마음이 약해지는 그때였다.

"그만하시죠."

문으로 들어오는 한 남자. 그는 두 사람의 옆에 서서 서류를 내밀었다.

"법무 법인 청계에서 나왔습니다. 지금부터 이분들의 변론은 우리가 대신합니다."

"변호사님!"

그를 보고 얼굴이 환해지는 두 사람. 청계의 변호사는 그들을 보고 눈을 찡그렸다.

"지금부터 한마디도 하지 마세요. 우리는 묵비권을 행사하겠습니다."

"네!"

"그럴게요."

청계의 변호사가 절대 배신하지 않을 거라 생각한 두 사람은 격하게 고개를 끄덕거렸다.

"닝기미."

경찰은 그 말에 얼굴을 찌푸렸다. 인신매매 신고가 들어오기는 했지만 확실한 증거가 없는 상황이다. 그런데 다짜고짜 변호사가 끼어들다니.

"그래서 인신매매 증거는 있습니까?"

"네?"

"인신매매 증거는 있느냐고요."

"그게……."

"단순 신고에 의한 체포죠? 그렇다면 허위 사실일 가능성은 생각하지 않으셨습니까? 가령 입양을 보낸 어머니가 다시 되찾기 위해 신고했다거나."

"어……."

아니나 다를까, 그는 오자마자 경찰의 논리를 헤집기 시작했다. 문제는 실제로 그런 사건이 있기 때문에 무조건적으로 그들을 탓할 수는 없는 노릇이라는 것이다.

"제가 봐서는 이 사건은 증거도, 증인도 없으니 결국 무고인 것 같은데요. 우리는 무고에 대해 고발하도록 하겠습니다."

소장을 꺼내 접수하는 그였다.

"일단은 체포된 상황이니 구속적부심을 받아서 풀어 드리도록 하지요."

그는 그렇게 말하면서 나가려는 찰나, 그대로 얼어붙었다.

"무고죄로 고소라…… 좋은 생각이네요. 그럼 우리 역시 무고죄로 고소해야겠네요."

경찰서의 입구로 들어오는 한 남자. 노형진이었다.

'이 녀석이 도대체 왜?'

분명히 듣기로는 이 녀석은 길을 찾지 못하고 허둥대고 있다고 들었다. 그런데 왜 여기에 나타난단 말인가?

"여기는 어쩐 일이십니까?"

"어쩐 일이라니요? 변호사가 일하러 오지, 설마 커피 한잔 얻어먹으러 경찰서에까지 오겠습니까?"

"일이라니요? 그쪽에서는 여기에 담당하는 일이 없는 걸로 아는데요?"

"아니, 남의 변호사 사무실 업무 내용을 어찌 그리 잘 아실까요?"

'아차.'

노형진의 말에 그는 자신이 실수했다는 사실을 알았다. 하지만 그건 이미 예상하고 있는 일이었기 때문에 노형진은 그다지 뭐라고 하지 않았다. 뭐라고 할 생각도 없었다.

"어찌 되었건 우리가 무고죄로 고소당했으니 우리는 무고에 대한 무고 혐의로 고소하겠습니다."

"지금 장난합니까?"

"장난하는 걸로 보이시나요?"

실제로 노형진은 자신의 가방 안에서 소장을 꺼내 경찰에게 접수시켰다. 즉, 애초에 올 때부터 자신들이 무고를 할 거라 예상하고 있었다는 소리였다.

"우리 의뢰인이 아이가 실종되었다고 하니 찾아야 하지 않겠습니까? 그리고 그 아이를 입양했다는 인간들이 아이를 데리고 있지 않다면 도대체 어디 있을까요?"

"그건 수사해 봐야 아는 겁니다."

"그러니까 잡아 놔야지요. 애초에 긴급체포는 최대 스물네 시간 보장하는 건 아닌가요?"

노형진이 그들을 풀어 주려고 하는 것을 방해하자 청계의 변호사는 얼굴을 찌푸렸다.

"증거가 없지 않습니까? 단순히 입양시켰던 애가 안 보인다는 이유로 인신매매로 몰아간다면 누가 입양합니까?"

"증거라……."

노형진은 피식 웃으면서 뭔가를 꺼내서 내밀었다.

"이쯤이면 될까요?"

"그건……."

청계의 변호사는 얼굴이 딱딱하게 굳었다. 거기에는 아이의 사진이 하나 있었다.

'설마 애 엄마가 진짜로 사진 하나 가지고 있지 않을 거라

고 생각한 거냐? 멍청하긴.'

애를 입양 보냈다는 것이 결코 애가 미운 것은 아니다. 당연히 애 사진 하나쯤은 있기 마련이다.

"그리고 이 사진이 그 증거죠."

노형진이 꺼낸 것. 그건 청계에서 노형진을 함정에 빠트리기 위해서 뿌린 아기 사진이었다. 사람은 아이의 문제가 걸려 있으면 감정적으로 변한다. 그리고 그렇게 할수록 노형진은 깊은 함정에 빠질 거라 생각해서 아기의 사진을 올린 것이다.

문제는 노형진이 설마 진짜 엄마를 찾아낼 수 있을 거라 생각하지 못했다는 것.

"아기 사진이 그게 그거 아닌가요?"

"사람 눈은 그렇지요. 하지만 전자 계측은 다릅니다. 이 기록에 따르면 아이는 완전히 동일인이지요."

"헉!"

설마 컴퓨터로 계측까지 하면서 증거를 가지고 올 거라 생각하지 못한 변호사는 얼굴이 파리해졌고 두 사람은 눈에 띄게 눈동자가 흔들리기 시작했다.

"사실 이런저런 이야기를 할 이유가 없죠. 아이를 다른 곳에 넘긴 게 아니라면 아이를 보여 주면 그만입니다. 어린이집이든 친정이든 시댁이든 누군가 보살펴 주고 있다면 그곳을 말씀해 주는 게 어떠신지요?"

노형진의 쐐기 박기에 두 사람은 고개를 푹 숙였다.

⚖️

"이참에 청계를 끝장내죠."

노형진의 말에 사람들의 시선이 그에게 향했다.

"청계를?"

"네, 이번이 기회인 듯합니다. 어차피 범죄를 구성해 주는 범죄 설계자는 좋다고 말할 수는 없는 곳이니까요."

그 말에 송정한뿐만 아니라 다른 변호사들까지 눈이 파르르 하게 떨렸다.

"그게 가능하겠나?"

"가능할 겁니다."

"하지만 상대방은 청계일세. 대한민국 변호사 업계 2위."

"우리도 작지는 않습니다만?"

"그래 봐야 우리는 이제 16위야."

작은 사건이 많은 만큼 사건 수는 독보적인 1위지만 수입이나 사회적인 파괴력 등을 따지면 새론의 규모는 이제 16위 정도다. 그런데 2위인 청계를 날려 버리겠다니?

"저희가 날리지는 않을 겁니다."

"응?"

"청계의 방식은 효율적이고 빠르게 세를 확장할 수 있습니다. 하지만 심각한 부작용이 있지요."

"부작용?"

"그건 이번 사건이 끝나면 아실 겁니다. 우리가 해야 하는 것은 그들이 판 함정에 그들을 끌어들이는 거죠."

"어떻게 말인가?"

"그들은 분명 이번 사건을 해결하려고 할 겁니다."

"당연한 것이 아닌가?"

"네, 당연합니다. 하지만 사실 방법이 없지요. 얼마 전의 우리처럼요."

"우리처럼이라……."

그 말이 마음에 드는지 송정한은 히죽 웃었다. 그럴 수밖에 없는 게 그들의 함정에 빠져서 얼마나 마음고생을 심하게 했던가?

"어차피 우리가 납치 사건의 의뢰를 받았으니 이번 사건과 관련해서 우리가 손을 털어도 사회적으로는 피해가 없습니다. 도리어 인신매매된 아이를 찾아낸 것이 소문날 테니까 더 많은 이득을 얻겠지요."

"그렇겠지."

"하지만 그에 반해 청계는 그냥 둘 수가 없는 상황입니다. 그 둘을 변론하는 것은 이미 유명해진 납치범을 변론하는 것이 되니 이미지가 좋지는 않을 겁니다."

"그렇겠지?"

"사실 이게 청계로서는 최선의 선택이죠. 문제는 그들은 믿음이 별로 없다는 겁니다."

"믿음이 별로 없다?"

"네, 그들은 범죄를 짜는 것이 주특기입니다. 사람에 대해서 믿지 않지요. 그 점을 이용하는 겁니다."

"어떤 식으로?"

"그들이 배신한 것처럼 느끼게 해 주는 겁니다."

"배신감을 느끼게 해 준다?"

"그렇습니다. 청계가 이번 납치에 직접적으로 연관되어 있다는 사실이 드러나면 청계는 사회적으로 지탄받는 정도가 아니라 법무 법인 자격이 박탈당할 테고 직접적으로 연관된 변호사들은 변호사 자격을 상실할 겁니다. 당연히 처벌받고요."

"그러니까 그들이 변론할 수 없는 상황을 만들어야 한다?"

"그렇습니다."

"호오, 그거 좋은 방법인데?"

자신들이 변론하게 되면 감시하면서 경계할 것이 분명했다. 하지만 자신들이 변론하지 못하게 된다면 당연히 자신의 통제에서 벗어나게 될 테고 그들은 어떻게 해서든 사건을 수습하려고 할 것이다.

'그리고 그들이 선택할 방법은 그다지 많지 않지.'

노형진이 생각하기에는 자신의 죽음은 청계의 짓을 가능

성이 높았다. 물론 그 뒤에는 두한이 있겠지만 말이다.

"하지만 변호인을 선임하는 것은 의뢰인의 권리일세. 과연 다른 변호사를 선임하라고 해도 그들이 변호사를 선임할까?"

"그러니까 우리가 나서야 하는 거죠. 약간 손해를 보더라도 말입니다."

"손해를 감수하고 말인가? 그럴 이유까지는 없을 것 같은데?"

"살을 주고 뼈를 취하는 거죠. 후후후."

⚖

다음 날, 언론은 난리가 났다. 이번 사건과 관련해서 법조계 1위인 정인에서 무료 변론을 하겠다는 터무니없는 소리를 했기 때문이다.

"우리 정인에서는 이번 사태에 대해서 우려를 표명하면서 이번 사건에 대해서 무료 변론을 해 드리기로 했습니다. 아무리 범인이라고 할지라도 변호사의 조력을 받은 권리는 있습니다. 그러나 이번 사건과 관련하여 두 사람은 사회적으로 매장당하다시피 한 상황이고 그로 인하여 원활한 변호인의 선임을 하지 못하고 있는 상황입니다. 이에 저희 정인에서는 사회적인 정의와 법률의 공평성을 위해서 그들을 위해서 무료 변론을 하기로 했습니다."

당연히 언론에서는 대서특필을 하기 시작했다.

사회적으로 정인을 욕하는 사람도 있었다. 대한민국 법조계 1위인 정인은 꿈쩍도 하지 않고 있었다. 그도 그럴 것이 그들로서는 손해 보는 것이 없었기 때문이다.

"솔직히 이렇게 쉽게 허락해 주실 줄은 몰랐습니다."

노형진은 자신의 앞에 있는 변호사에게 정중히 고개를 숙여서 인사를 건넸다. 새론과 비교할 수 없을 정도로 넓고 또 화려하게 만들어진 공간. 그곳에 있는 커다란 탁자에는 법무법인 정인 대표라는 타이틀이 박혀 있었다.

"청계는 우리로서도 골치 아픈 녀석들이었으니까."

정인은 명실상부 대한민국 최고 법무 법인이라 할 수 있다. 하지만 그럼에도 불구하고 청계를 불편한 시선으로 바라볼 수밖에 없었다. 범죄 설계라는 그들의 서비스를 모르는 것이 아니지만 그걸 막을 방법이 없는 데다가 그렇게 범죄를 설계해서 이득을 본 손님들이 죄다 그쪽으로 가는 바람에 급속도로 세력을 키우면서 정인의 자리를 위협하고 있었기 때문이다.

"그나저나 자네도 쌓인 게 많은 거 보군."

"없다면 거짓말이겠지요, 후후후."

외부적으로 정인이 무료 변론을 한다고 알려져 있었지만 실상은 노형진이 그 변론 비용을 대납하는 형태였다.

"그나저나 어떤가, 우리 정인의 모습이?"

"대단합니다. 소문으로 듣기는 했지만 무척 감동받았습니다."

정인은 그 규모에서도 그리고 시설에서도 새론과 비교할 수 없을 정도의 수준이었다. 그 안으로 들어가면 마치 사람이 주눅 드는 정도랄까?

'역시 1위는 1위라는 건가?'

그러나 노형진이 놀란 것은 그들이 시설을 화려하게 한 게 아니라 시설을 꾸미면서 절묘하게 사람이 주눅이 들도록 만들어 놨다는 것이다. 아직까지 노형진이 적용하지 않은 방식인데 기본적으로 자신이 갑이라는 형태를 이미지를 제대로 투영시키고 있었다.

'이 정도면 어지간하면 무너트릴 수 없겠군.'

건물이나 집기 자체가 위압감을 풍기도록 되어 있어 무슨 합의나 협상을 하든 그 영향을 받게 된다. 심지어 의뢰하면서도 말이다. 즉, 이 안에서 뭔가를 하게 되면 사람은 위축된 상태에서 협상하게 된다는 뜻이며 그건 법적으로 엄청난 기회를 제공하게 된다.

"이런, 이런, 자네 벌써 알아챈 건가?"

그런 노형진의 시선을 알아챈 정인의 대표는 미소를 떠올렸다.

"네?"

"우리 시설에 대해서 말일세."

"아, 네. 뭐, 조금은."

"그래?"

그는 상당히 흥미로운 얼굴이 되었다. 수많은 사람들과 변호사들을 여기서 만났지만 대부분은 이 디자인과 시설을 그저 화려하다거나 돈을 들였다고만 생각했지, 사람에게 위압감을 위한 구조라고는 생각도 못했던 것이다. 하긴 그걸 생각하기에는 그들 스스로가 이미 위압감을 느끼고 있는 상황이니 힘들 수도 있었다.

'그런데 알았다는 건…….'

그걸 알아챈 노형진은 이 상황에서조차 그다지 위압감은 느끼지 않고 있다는 뜻이다. 한국 법조계 1위 정인의 대표 사무실에서 말이다.

"실력이 좋군."

"감사합니다."

"어때? 이런 사무실에 관심 있나?"

그저 웃으면서 한 말이지만 노형진이 그런 말을 못 알아들을 리 없었다.

"저한테는 안 맞는 옷인 것 같습니다. 전 좀 더 소박한 게 좋겠군요."

"하지만 사람이 성공하면 그만큼 대우를 받아야지."

"물건이 대우라고 생각하지는 없습니다. 그리고 이런 곳에 있으면 초심을 잃어버릴 것 같네요."

"그런가? 하하하."

짧은 순간이지만 정인의 대표는 아깝다는 생각이 들었다.

'끌어들일 수 있으면 좋겠군.'

쉽게 말해서 그는 노형진을 정인으로 오라고 넌지시 물어본 것이고 노형진은 새론에 남겠다는 의지를 명확하게 한 것이다.

'보통 사람이라면 무조건 좋다고 할 텐데 말이야.'

하지만 노형진은 그런 생각을 가질 이유가 없었다. 혼자서 정인급 변호사 사무실을 차릴 수 있는 돈이 있으니까.

"그나저나 이 작전이 먹힐 거라 생각하나? 변호인의 선임은 우리가 선택하는 것이 아닐세. 그들이 청계를 선택하면 우리로서는 별수 없는 거야."

"압니다. 그러니까 청계를 선택할 수 없게 만들어야지요."

"청계를 선택할 수 없게 만든다?"

"이런 말이 있습니다. 진짜 실력이 좋은 사기꾼은 90%의 진실 속에 10%의 거짓을 섞는다."

"아아아."

그게 무슨 뜻인지 알아들은 대표가 기분 좋은지 눈썹을 반달로 휘었다.

⚖️

"이게 어떻게 된 거야!"

이명한은 생각지도 못한 상황에서 이를 빠드득 갈았다.

"아이를 어떻게 찾았느냔 말이야!"

"그…… 그게…… 모르겠습니다."

완벽한 함정이었다. 노형진과 새론이 무슨 선택을 하든 그들의 이름은 더러워질 수밖에 없는 그런 함정. 그런데 난데없이 원래 엄마가 나타나면서 일이 사정없이 꼬이기 시작한 것이다.

"그 두 인간은 뭐래?"

"당장 꺼내 주지 않으면 사실을 말하겠답니다."

"뭐라고? 이 미친 새끼들이 우리가 누군 줄 알고……!"

"대표님, 화를 내실 시간이 아닙니다. 이대로는 일이 커집니다."

청계의 주특기는 범죄의 조작. 그러나 지금은 평소와는 좀 달랐다. 다른 건 다른 사람을 위해서 사건을 조작했지만 이번에는 노형진과 새론을 날리기 위해서 직접 조작에 참가한 만큼 만일 드러나게 된다면 단순히 욕을 먹는 걸로 끝나지 않을 가능성이 높다.

"젠장, 망할 정인 같으니라고. 기회를 노리고 있었군. 우리도 무료 변론을 하겠다고 해."

"그…… 그게…….'

"또 뭐가 문제인데?"

"이상한 소문이 돌고 있습니다."

"이상한 소문?"

"이번 납치 사건이 우리의 소행이라고."

누군가의 말에 몇몇 사람들이 움찔했다. 이번 사건의 진실을 알고 있는 사람들이었다.

"무슨 말도 안 되는 소리야?"

이명한은 애써 목소리를 낮추면서 되물어 볼 수밖에 없었다. 말을 꺼낸 젊은 변호사의 목소리는 더욱 기어들어 갔다.

"인터넷에서…… 소문이 돌고 있습니다. 우리가 범죄 설계를 주로 하고 이번 사건도 우리 소행이라고."

"그런 헛소문이 어디 한두 해 일이야?"

사실 청계에서 범죄 설계를 한다는 소문은 몇 년 전부터 돌았다. 다만 증거가 없었을 뿐이다. 정확하게 말하면 그 소문을 돌게 만든 것은 그들이었다. 그래야 손님이 오니까. 하지만 그 뒤에 붙은 소문은 확실히 자신들이 만든 소문이 아니었다.

'우리가 미쳤다고 연관성을 인정하냐.'

청계가 지금까지 성공할 수 있었던 것. 그건 범죄 설계도 설계지만 반대로 아무리 수사해도 청계와의 연계성을 확인할 수 없었기 때문이다. 그런데 그런 소문이 돌다니?

"그게 말이나 돼?"

"그렇지요, 하하하."

그는 머쓱하게 웃었지만 그들의 진짜 작업을 알고 있는 상위 직급들은 얼굴이 어두워졌다.

"그 소리를 어디서 들은 건가?"

"네?"

"그 소리를 들은 거냐고?"

"인터넷 전반에서……."

"뭐라고?"

이명한은 서둘러서 인터넷을 뒤지기 시작했고, 얼마 지나지 않아 그런 소문이 인터넷에 돌고 있음을 확인할 수 있었다.

'이런, 망했다. 제대로 당했어.'

이런 문제가 생기는 상황에서 이런 소문이 돌면 상식적으로 그 두 사람이 법조계 1위인 정인을 제치고 청계를 고를 리 없다. 만일 청계를 고른다면 비리가 있다고 보일 수밖에 없는 상황.

"망할……."

"대표님, 어떻게 하는 게 좋을까요?"

이도한은 창백한 얼굴로 말을 꺼냈고 이명한은 한참을 침묵을 지키다가 천천히 입을 열었다.

"과장 이하, 다 나가."

"네?"

"과장 이하, 다 나가라고 했다. 단, 이도한 넌 남아."

그 말에 하위직 변호사들은 쭈뼛거리면서 바깥으로 나갔고 잠시 후 과장급 이상과 이도한만 남아서 그의 눈치를 보기 시작했다. 그런 상황에서 한참 침묵을 지키던 이명한은 천천히 입을 열었다.

"이소인은 어디 갔어?"

"아직은 안가에서 기다리고 있습니다."

"안가에서?"

"그렇습니다."

그 말에 이빨을 빠드득 가는 이명한이었다.

"처리해."

"네?"

"처리하라고."

"하…… 하지만 대표님."

사건을 조작하는 것과 직접 손쓰는 것은 전혀 다른 일이다. 그리고 대부분의 변호사들은 직접 손써 본 적이 없었다. 물론 이명한도 좋은 마음은 아니었다. 하지만 방법이 없었다.

'이런 미친…… 어떻게 찾아낸 거야?'

만일 자신이 이번 사건을 조작한 것이 드러난다면 필연적으로 조사가 들어올 테고 그렇게 되면 자신들이 조작한 수많은 사건들이 연이어 드러날 수도 있다.

"어떻게 해서든 이번 사건은 덮어야 해. 두 연놈도 죽이고 이소인이랑 그 애새끼도 처리해."

"네? 하지만 일이 커질 텐데요? 차라리 무리해서라도 우리가 변론을 담당하는 식으로 가면 어떨까요?"

"미쳤어? 그렇게 된다면 분명 의심받게 돼."

"차라리 의심으로 끝나는 게 낫습니다. 섣불리 손쓰면……."

"음……."

확실히 섣불리 손쓰게 된다면 도리어 역습당할 수도 있다.

"좋아, 일단은 그 두 놈을 만나서 이야기해 봐. 차라리 의심으로 끝내는 게 나을 수도 있겠지."

⚖️

"수고하셨습니다."

"수고하셨어요."

사람들이 퇴근하고 난 후의 건물 안으로 들어오는 남자. 그는 슬쩍 주변을 둘러보고는 쓰레기통을 향했다. 그러고는 능숙하게 쓰레기통을 비우고 주변을 청소하기 시작했다.

"아차차!"

그 순간 문 앞에서 오는 한 사람.

"누구슈?"

"아, 여기 변호사인데요. 중요한 서류를 놓고 가서요. 문 좀 열어 주세요."

"그건 곤란한데."

청소하던 남자는 고개를 갸웃했지만 남자는 애타게 자신의 신분증을 꺼내서 내밀었다.

"여기 보세요. 변호사 맞잖아요. 제가 중요한 서류를 두고 왔다니까요."

"끄응……."

"중요한 서류가 안에 있어요. 만일 이거 가지고 못 가서 내일 재판에서 지면 항의할 겁니다."

"끄응……."

청소하던 남자는 결국 고민하다가 드르륵 소리와 함께 내려져 있던 셔터를 올렸다.

"그래도 내가 같이 가야겠소."

"그러세요."

변호사는 급하게 엘리베이터를 타고 올라갔고 잠시 후 능숙하게 변호사 사무실에 있는 번호 키를 누르고는 문을 열었다.

"됐지요?"

"여기 변호사가 맞구만."

그가 번호를 알고 능숙하게 들어가자 청소부는 별 의심을 하지 않고 자신이 일하던 곳으로 돌아갔고, 노형진은 텅 빈 사무실을 바라보면서 씨익 웃었다.

"이 정도야 껌이지."

번호 키 정도야 기억을 읽어 내면 어렵지 않지만 정작 어려운 것은 내려진 셔터 안으로 들어가는 것이었다. 다행히 청소부는 별 의심을 하지 않고 다시 돌아간 덕분에 노형진은 아무런 방해도 받지 않고 안쪽으로 들어갔는데 그곳은 바로 아까 전 변호사들이 회의하던 곳이었다.

"그리고 보니 청계 사무실 안에 들어온 건 처음인가?"

확실히 청계는 새론의 사무실과 다르게 화려함의 극치를 달리고 있었다. 정인이 사람에게 위압감을 주기 위해서 화려한 것과 달리 말 그대로 돈이 있음을 자랑하기 위한 화려함이랄까?

"뭐, 돈이 썩어 문드러진다고 해도 그것도 끝이다."

노형진은 테이블에 다가가서 손을 대고 그들의 기억을 읽어 들이기 시작했다. 그러자 그 안에서 안가의 존재를 알아낼 수 있었다.

"안가라……."

그들의 기억을 읽은 노형진은 미소를 지었다.

⚖️

"응애!"

"아, 좀 닥치게 좀 만들어!"

애가 울자 짜증을 내는 사람들. 이소인은 그런 아이의 품에 안고 어르면서 그들을 바라보았다.

"쌍, 하필이면 애가 딸려서."

청계는 새론처럼 전문 경호 팀이 없기 때문에 일하게 되면 보통 경호 팀을 따로 고용하게 된다. 문제는 말이 보호지, 실질적으로 불법적인 감금에 가까운 상황에서는 제대로 된 경호 팀을 고용할 수가 없었다. 결과적으로 조폭들이 경호, 아니 감시할 수밖에 없었다.

"뚝뚝…… 아가야…… 그만 우렴."

이소인은 자신도 울고 싶었다. 돈을 준다는 말에 혹해서 시작된 일인데 어쩌다 일이 이렇게 되었는지 알 수가 없었다.

"흑흑흑."

그저 소송에서 애 엄마인 것처럼 행동하기만 하겠다고 했다. 그랬는데 어느 순간 그들의 행동이 바뀌었다. 조심스럽게 대하는 게 아니라 짐처럼 생각하고 있었던 것이다. 공부를 못하고 집안이 막장인지라 가출도 하고 막 살기도 했던 그녀지만 그런 경험 덕분에 도리어 눈치가 빨라 일이 제대로 잘못되어 가고 있다는 사실을 알고 있었다.

"그나저나 위에서 연락은 안 오는 거야?"

"그러게 말이야."

얼마 전 연락이 와서는 절대로 풀어 주지 말고 잘 감시하라고 한 말이 마지막이었다. 기존처럼 잘 보호하거나 편의를 봐주라는 게 아니라 감시하라는 명확한 명령. 즉, 일이 잘못되었다는 뜻이다.

"그나저나 일이 얼마나 잘못된 거야?"

"그러게 말이야, 썅."

"지난번에 일본에 간 놈들 꼴 나는 거 아냐?"

"설마……."

얼마 전 청계의 부탁을 받고 일본으로 경호, 아니 감시를 하러 간 사람들이 난데없이 반병신이 되어서 끌려왔다. 그러다 보니 이번에 일을 하게 되는 것도 말이 많았다. 그런 일은 없을 거라는 보장에 일하기로 하기는 했지만 갑자기 위에서부터 일이 잘못되고 있다는 소식을 들었을 때 그들은 일본 사태가 생각나면서 몸서리칠 수밖에 없었다.

"여차하면 튀어야지."

"뭐?"

"여차하면 튀어야지, 썅. 일본 갔던 놈들 꼴 나고 싶어?"

그곳에서 무슨 일을 당했는지 알 수 없지만 그들은 병원에서 퇴원하고 난 후에도 단 한마디도 하지 않고 있었다. 도리어 그때 이야기를 물어보면 악마들이 존재한다는 이상한 소리를 하거나 오줌을 질질 싸는 등의 이상행동을 보일 뿐이었다.

"망할 청계 녀석들. 그 녀석들의 말을 믿는 게 아니었어."

더군다나 이곳을 지키고 있는 사람은 고작해야 여섯 명뿐. 일본에 갔던 자들에 비하면 말 그대로 새 발의 피다.

"영 찜찜해."

그들이 그렇게 걱정스럽게 이야기하면서 경계할 때였다. 저 아래서 갑자기 '끼이익.' 하는 브레이크의 파열음이 터져 나왔다.

"이게 무슨 소리야?"

산이다 보니 보이는 것은 없지만 여기저기 울려 퍼지는 브레이크의 파열음은 그들의 신경을 날카롭게 하기에 충분했다.

"이런 썅!"

그리고 그들이 고개를 돌렸을 때 그들의 눈은 무척이나 커질 수밖에 없었다.

애애앵.

저 멀리 보이는 길에서 나타난 차량들. 그리고 여러 대의 경찰차들이 선두에서 달려오고 있었다. 안가의 위치를 확인한 노형진이 경찰에 신고한 것이다. 애초에 사건과 관련해서 의뢰인인 이소인에 대한 실종 신고가 되어 있었기 때문에 접수가 바로 되어 그곳으로 경찰과 새론의 경호 팀이 들이닥친 것이다.

"이런 염병!"

조폭들은 주변을 둘러보았다. 감시하라고 했지만 이런 상황에 대비하라는 소리는 하지 않았다.

"어쩌지? 죽일까?"

누군가의 말. 그러나 다른 조폭은 기겁했다.

"뭐, 미쳤어? 우리가 뭐 좋은 꼴을 보자고 죽여?"

"끄응."

자신들이 담당하는 것은 감시지, 뒷수습이 아니다. 여기서 그를 죽인다면 청계에는 좋을지도 모르지만 자신들은 살인죄를 뒤집어쓰고 평생을 감옥에서 썩어야 할지도 모른다.

"그만두겠어."

"항복하자."

"뭐?"

"항복하자고. 엄밀하게 말하면 우리는 의뢰받았을 뿐이야. 기껏해야 감금죄 정도야. 하지만 우리가 죽이면……."

감금죄는 단 몇 달이지만 살인죄는 최소 20년 이상이다.

"항복하자."

결국 그들은 앞으로 나와서 두 손을 들었다.

"손들어! 꼼짝…… 얼레?"

경찰들은 내려서 잡으려고 했지만 그들이 미리 나와서 손을 들고 있자 허망한 얼굴이 되었다. 하지만 새론의 경호 팀은 그런 조폭들을 무시하고 안으로 뛰어들어 갔다. 그들이 확보해야 하는 것은 이소인이기 때문이다.

쾅!

"이소인 씨, 새론에서 나왔습니다."

"헉!"

이소인은 새론에서 나왔다는 말에 침을 꿀꺽 삼켰다. 생각했던 최악의 사태가 벌어진 것이다.

"의뢰인으로서 지금부터 보호하겠습니다. 잠시 후 변호사가 오실 겁니다."

"네……."

"그나저나 우리한테 하실 말씀이 많이 있을 것 같은데요."

그 말에 이소인은 고개를 푹 숙일 수밖에 없었다.

"절대로! 절대로 입을 여시면 안 됩니다."

이소인이 새론의 손에 넘어갔다는 사실을 안 청계는 발칵 뒤집혔다. 남은 것은 오로지 강성우와 변소담뿐이었다.

"하지만……."

"우리가 어떻게든 해결할 테니까 그냥 입 닥치고 있어요. 금방 꺼내 줄 테니까."

청계에서 나온 변호사의 요구는 간단했다. 무슨 일이 있어도 비밀을 지킬 것. 하지만 그 대가에 대해서는 아무런 말도 하지 않았다.

"젠장…… 어쩌다가……."

강성우는 자신의 실수를 후회하고 있었지만 이제 와서 뭘 고칠 수는 없는 노릇이어다.

'과연 보상해 줄까?'

잠시 생각하던 강성우는 고개를 흔들었다. 지금까지 청계의 행동을 봐서는 이런 상황에서 자신들을 위해 힘쓸 것 같지 않았던 것이다.

'내가 미친 거지.'

유산에 대한 욕심 때문에 청계를 쓴 것이 문제가 되어 결국은 이 꼴이 된 것이다. 그들의 요구 때문에 일에 끼어들 수밖에 없었는데 도리어 그것이 자신을 파멸시키는 원인이 될 줄이야.

"누가 뭐라고 하든 절대 말하면 안 됩니다."

청계의 변호사가 최후의 순간까지 못을 박자 강성우는 고개를 끄덕거릴 수밖에 없었다. 그렇게 접견이 끝나고 안으로 들어왔을 때 강성우는 자신의 앞으로 온 편지가 온 것을 받아 볼 수 있었다.

"24552호, 편지다."

"편지?"

자신이 받을 편지가 없기 때문에 고개를 갸웃하면서 편지를 받아 드는 강성우. 그가 편지를 뜯자 한 뭉텅이의 사진이 후드득 떨어졌다.

"이게 뭐지?"

그걸 주워서 살피던 강성우는 등골이 오싹하면서 오금이 부들부들 떨려 왔다.

"이…… 이건…….."

한 남자가 배경으로 찍은 것. 그것은 학교와 거리 같은 일상의 풍경이었다. 그다지 이상할 게 없는 일상을 담은 사진들.

"으으으…….."

그러나 강성우는 부들부들 떨 수밖에 없었다. 그럴 수밖에 없는 게 그 학교와 그 거리는 자신의 아이가 다니는 유치원, 자신의 회사가 있는 거리, 자신의 아내가 운영하던 커피숍 등 모든 곳이 자신이 아는 곳이었기 때문이다. 그런데 그곳에서 웃고 있는 한 남자. 그 남자의 미소가 왠지 묘했다. 살기가 느껴진다고 할까?

"이런 미친……."

그는 부들부들 떨었다.

'생각해 보면…… 당연한 거잖아?'

세상은 원래 앞으로는 멀쩡한 척해도 뒤로는 호박씨 까는 곳이다. 새론이라고 청계 같은 짓을 하지 말라는 법은 없는 것이다.

"으으으……."

그는 부들부들 떨리는 손을 사진을 보다가 황급하게 간수를 불렀다.

"간수! 간수!"

⚖

"당신도 받았어요?"

"당신도?"

변소담은 충격에 정신을 차릴 수가 없었다. 친정을 배경으로 찍힌 사진들. 그건 자신의 안전을 위협하는 것보다 더한 공포를 주었다.

"청계에서는 뭐래요?"

"뺑카니까 겁먹지 말래요."

"말이야 쉽지!"

청계야 힘이 있으니 뻥카라고 할 수도 있겠지만 자신들에게는 아니다. 상대방이 단순히 추억을 되새김질하라고 이런 사진을 보내온 것은 아닐 것이다.

"어쩌죠, 여보?"

"으으으……."

강성우는 잠시 침묵을 지켰다. 그러고는 고개를 번쩍 들었다.

"어쩔 수 없어……. 사실을 공개하자."

"네?"

"공개하자고. 우리가 이대로 당할 수는 없잖아."

상대방은 새론이다. 아무리 청계보다 작다고 해도 단시일 내에 급속도로 성장한 곳이다. 그들에 대해서 잘 모르지만 그의 생각에 부정한 방법을 쓰지 않고 그렇게 성장하는 방법은 없어 보였다.

"이렇게 죽나 저렇게 죽나 우리에게는 마찬가지야. 그렇다면 차라리 최대한 유리한 쪽으로 해야 해."

그는 청계를 배신하는 것만이 살아남는 길이라는 걸 알 수 있었다.

⚖

"어떻게 안 건가?"

송정한은 뉴스를 보면서 고개를 갸웃했다. TV에는 강성우와 변소담이 정인의 변론을 받아들이겠다는 뉴스가 나오고 있었다.

즉, 청계와 선을 끊어 버리고 자기들의 살길을 찾기 시작한 것이다.

"어떤 거 말입니까?"

"배신할 거라는 거 말일세. 고작 사진 몇 장인데."

그 말에 노형진은 피식 웃었다.

"그들은 신뢰 관계가 아니니까요."

"신뢰 관계가 아니다?"

"네, 필요에 의해서 이용하고 또 배신에 대비해서 약점을 잡고 흔드는 겁니다. 그런 경우에는 이쪽에서 더 강한 약점을 잡으면 되는 거죠."

"하지만 이게 협박이 돼?"

송정한은 흩어져 있는 사진을 보면서 고개를 갸웃했다. 그럴 수밖에 없는 게 협박이라는 것은 기본적으로 두려운 일이어야 한다. 그런데 그 원인이 집도 아니고 주변을 찍은 사진이라니.

"결국 그런 인간들은 비슷한 삶을 살아왔으니까요."

"비슷한 삶?"

"남을 등쳐 먹고 속이고 빼앗고."

자신이 그렇게 살아온 사람들은 주변에 대해서 걱정과 두려움이 앞서기 마련이다. 아는 만큼 보인다고 했던가. 자신이 아는 게 그런 짓이니 남이 뭐라고 하든 그걸 해석하는 것은 자신의 책임이다. 그래서 노형진의 사진을 협박으로 받아들인 것이다.

"실질적으로 이제 제일 중요한 증인들이 우리 측에 넘어왔으니 이제 마무리를 지을 수 있겠군."

송정한은 만족스러운 얼굴이 되었다. 하지만 노형진은 고개를 흔들었다.

"아마도 뒷정리는 우리가 아닌 다른 사람들이 하게 될 겁니다."

"다른 사람들? 그게 무슨 소리인가? 다른 사람들이 뒷정리를 할 거라니?"

"전에도 말씀드렸다시피 청계의 방식은 양날의 칼입니다. 그런데 그 칼을 통제하는 손잡이가 부러졌으니 결국 남은 결과는 하나뿐이지요."

그러나 그건 그다지 생각하고 싶지 않은 일이었다.

⚖️

"젠장! 젠장!"

이명한은 이를 빠드득 갈았다.

함정을 판 것이 도리어 그들에게 칼이 되어 돌아오고 있었다.

인신매매에 가담했던 두 사람은 자신들에게 의뢰한 사람

이 청계라는 사실을 증언했고 이소인은 이번 소송을 한 목표가 새론의 사회적 평가의 하락과 노형진을 사회적으로 매장시키기 위한 것이라는 것을 증언하는 바람에 경찰뿐만 아니라 검찰, 심지어 주변 변호사들조차 청계를 죽이려고 덤벼들기 시작했다.

"이게 무슨 꼴이야."

이를 빠드득 갈면서 자신의 차에 올라탄 이명한.

"대검찰청으로 빨리."

이렇게 된 이상 어떻게 해서든 사건을 수습해야 하기 때문에 검찰청장을 만날 생각에 그는 운전기사를 재촉했다. 그러나 얼마 가지 않아 그는 창문을 보고 고개를 갸웃했다.

"여기는 대검찰청으로 가는 방향이 아니잖아."

그러나 대답이 없는 운전기사.

"야!"

이명한이 화를 내려는 찰나, 갑자기 차가 멈추면서 양측 문이 열렸다. 그러고는 그 안으로 두 명의 남자가 올라탔다.

"당신들 뭐야? 이게 누군지 알고…… 헉."

그러나 그다음 말은 할 수가 없었다. 그의 옆구리로 들어오는 무언가의 차가운 느낌 때문이었다.

"출발해."

운전기사는 그 말에 바로 차를 출발시켰다.

차는 그대로 새벽의 어둠 속을 달려가기 시작했다.

"살려 줘⋯⋯."

다음 날 새벽. 완전히 엉망진창이 된 이명한은 꿈틀거리면서 살려고 버둥거리고 있었다. 하지만 그를 내려다보는 사람들의 시선은 차가웠다.

"장소가 있는 곳은 불었나?"

"네, 확인했습니다. 관련 자료는 손에 넣었습니다."

그 말에 남자는 고개를 끄덕거렸다.

이명한은 그 남자를 피하기 위해 바닥을 꿈틀거리면서 기어갔다.

"이봐, 이명한."

그는 피식 웃으면서 이명한을 내려다보았다.

"자네도 알다시피 장난에도 정도가 있는 법이야. 안 그래?"

"제⋯⋯ 제발 목숨만⋯⋯."

"장난도 자기 주제를 알고 쳐야지. 그분께서는 상당히 기분 나빠하고 계시거든."

"으으으⋯⋯."

하지만 이명한은 말할 수가 없었다. 명품 정장은 찢긴 지 오래였고 온몸의 뼈는 박살 난 후였다. 얼마나 두들겨 맞았는지 온몸에 든 멍이 부풀어서 두 배는 살이 더 찐 듯한 모습. 그럼에도 불구하고 그는 오로지 살겠다는 의지 하나로

이것이 법이다

반대쪽을 향해서 기어가고 있었다.

"위험한 장난은 적당히 했어야지."

"제…… 제발 살려 줘! 커허어억!"

이명한은 숨을 쉬려고 발악했지만 폐로 들어오는 공기는 칼에 의해 난 구멍에서 쭉쭉 빠져나가고 있었기에 숨을 쉴 수가 없었다.

"끄어어억!"

그가 눈을 까뒤집으면서 숨을 쉬기 위해서 버둥거릴 때 남자는 뒤쪽으로 시선을 돌렸다.

"준비는?"

"끝나 갑니다."

커다란 드럼통과 그 옆에 가득한 하얀 액체가 담긴 통들. 거기에는 염산이라는 이름이 쓰여 있었다.

"요즘 녀석들은 적당히라는 것을 모른다니까."

남자는 그걸 보다가 고개를 돌려서 다시 이명한을 바라보았다. 이명한은 이제는 축 늘어져 더 이상 움직임을 보이지 않았다.

"담가."

"아직 안 죽었을 것 같은데요?"

"어차피 마찬가지야."

그 말에 다른 남자들은 그를 들어서다가 통에다가 그를 들이밀었다. 그러고는 염산 통을 열고는 그대로 염산을 드럼통에 들이붓기 시작했다. 이명한은 순간적으로 꿈틀거리는 듯했지만 순식간에 축 늘어졌다.

"멍청하긴."

그걸 보던 남자는 담배를 꺼내 물고 불을 붙이고 허공으로 연기를 날려 보냈다.

"음......."

노형진은 뉴스를 보면서 자신도 모르게 신음성을 흘렸다.

"이거 공교롭다면 공교롭다고 해야 하나."

청계의 대표인 이명한이 실종되었다. 그리고 그의 자동차는 어떤 장소에서 발견되었다. 그리고 그 장소를 알아본 노형진은 씁쓸한 얼굴이 되었다.

"하필이면."

자신이 죽었던 그곳. 자신을 죽였던 그곳. 바로 그곳에서 죽어 버렸던 것이다. 그리고 사실 그는 잘 모르지만 마지막 순간까지 노형진과 똑같았다. 다만 그는 이제 다시는 돌아올 수 없다는 게 다를 뿐이었다.

"예상했지만......."

애초에 이런 위험한 작전을 쓰면 모, 아니면 도다. 범죄를 설계해 주고 그걸 약점을 잡아서 빠르게 성장할 수도 있지만 반대로 자신들이 위험해지면 그 비밀이 새어 나가기를 두려워하는 위쪽에서 당연히 손쓸 수밖에 없다. 더군다나 범죄에 연루되어 제대로 조사를 앞둔 상황에서는 더욱더 말이다.

"노 변호사."

"네, 송 변호사님."

"혹시 자네가 예상한 게 이것인가?"

신문을 들고 오던 송정한은 놀란 얼굴이었다.

"부정은 안 하겠습니다."

"음…… 살아 있을까?"

"아마도…… 힘들겠지요."

자신이 죽었던 곳. 그곳에서 이명한이 실종되었다. 우연으로 치기에는 이상했다.

'살인마들은 특정 장소를 좋아하기도 하지.'

그렇다면 아마도 이명한은 다시는 돌아오지 못하리라.

"청계는 어떻습니까?"

"걷잡을 수 없이 무너지고 있네."

그동안 약점이 잡혀 있던 사람들은 너도 나도 무차별적으로 청계를 공격하고 있었다. 혹시나 자신의 약점이 드러날까 두려워서였다. 물론 청계는 어떻게든 방어하려고 하지만 그 비밀의 열쇠를 쥐고 있는 이명한이 실종된 상황에서 방어는 거의 불가능했다.

"아마도 청계는 와해될 겁니다."

"그렇겠지."

아주 튼튼해 보이지만 변호사들의 세계도 배신과 암약으로 가득한 곳이다. 이제 약해진 청계를 변호사들이 그냥 둘 리도 없고 그런 문제가 있는 곳에 있으려고 하는 변호사도 없으니 청계는 얼마 지나지 않아 무너질 것이다.

"아마 청계에 있었던 변호사들은 그곳에 있었던 것만으로도 상당한 불이익을 당할 거야."

"자초한 겁니다."

그 말에 송정한은 씁쓸한 얼굴이 되었다.

"허망하군. 대한민국 법조계 2위가 이렇게 하루아침에 몰락할 줄이야."

"반석으로 삼아야지요."

아마도 노형진이 아니었다면 그들은 언젠가 1위로 올라가 대한민국을 좌지우지하는 곳이 되었을 것이다.

'복수라 할 수 있나.'

아직 일어나지 않은, 아니 일어날 수 없는 일에 대한 복수.

'모르겠다. 하지만 한 가지는 확실하지. 최소한 더 이상 그들이 장난칠 수 없다는 것. 그거면 된 거야. 그거면.'

노형진은 그걸로 만족하기로 했다.

"형진아."

노형진을 일하다 말고 자신을 찾아온 사람을 보고 깜짝 놀랐다.

"누나? 누나가 이 시간에 어쩐 일이야?"

노형진의 누나인 노현아는 이번 생에서는 기존과 다른 전혀 다른 인생을 살고 있었다. 지난 생에서는 나쁜 녀석을 만나서 대학도 가지 못한 채로 결국 죽음을 맞이했지만 이번에는 제대로 된 대학의 유아교육학과로 가서 행복한 대학 생활을 즐기고 있었다.

"내가 못 올 데를 왔냐?"

"아니, 그건 아닌데 누나가 여기 온 건 처음이잖아?"

아버지는 변호사 아들이 있지만 그건 그거고 집안은 집안이라면서 특별한 일이 없으면 회사 근처에도 가지 말라고 누나에게 말해 놨기 때문에 누나는 단 한 번도 이 근방에 온 적이 없었다. 그런데 그런 누나가 자신을 만나러 여기까지 온 걸 보니 노형진은 고개를 갸웃할 수밖에 없었다.

"그나저나 이 누나가 왔는데 아무것도 없냐?"

"없기는 물은 셀프…… 이크크, 미안."

노형진은 잽싸게 물을 한 잔 부어 노현아에게 내밀었다.

"그나저나 어쩐 일이야? 광석이 형이 바람이라도 피운 거야?"

"그럴 것 같냐?"

"그렇기는 하지."

박광석은 원래 검사가 되는 사람이었다. 그런데 이번에는 전보다 더 열심히 공부하고 있어서 어쩌면 검사가 아니라 판사가 될지도 모르는 상황이었다.

"그럼?"

"사실은 조금 도움이 필요해서."

"도움?"

노형진은 고개를 갸웃했다. 돈이 필요한 걸까? 그럴 리 없다. 어찌 되었건 자신이 동생이기 때문에 직접 돈을 주면 거북스러워할 거라는 생각에 노형진은 부모님을 통해 노현아에게 상당한 돈을 주고 있기 때문이다.

"뭐, 사건 관련인 거야?"

"그런 거지."

"흠…… 그럼 일단은 자세하게 들어 봐야겠는데?"

노형진은 자리에 앉아서 진지하게 자세를 잡았다.

"무슨 일인데?"

"그게, 사실은…….."

노현아는 노형진에게 학교에서 일어난 일을 이야기하기 시작했다. 그리고 그 이야기를 듣던 노형진은 얼굴을 찌푸렸다.

"그 사람, 약 빤 거 아냐?"

"그럴지도."

"내가 참 기가 막혀서 말이 안 나온다."

노현아의 말에 따르면 학교에서 한 남자가 어떤 여자에게 고소당했단다. 죄목은 성희롱. 물론 성희롱을 진짜로 했다면 당연히 처벌받아야 하는 일이다. 하지만 이건 상식적으로 성희롱이 될 수가 없는 상황이다.

"그러니까 담배를 피운 게 성희롱이라고 고소당했다고?"

"그러니까. 내가 개인적으로 아는 오빠거든. 근데 그 오빠가 성희롱을 한다고? 차라리 게이가 천 배를 하고 이성애자가 된다는 말을 믿지."

"그런데 왜 그 말이 나온 거야?"

"내가 봐서는 보복인 것 같아."

"보복?"

원래 그 남자의 여자 친구는 약간 꼴페 기질이 있다고 한다. 꼴페란 꼴통 페미니즘이라는 뜻으로 페미니즘과는 전혀 다른 것이다. 원래 페미니즘이란 기본적으로 남자와 여자는 평등하다는 것이 주장인데 꼴페, 즉 꼴통 페미니즘은 여자는 남자보다 우월하며 상위 존재라고 생각한다.

"그 점 때문에 서로 문제가 많았나 봐."

그 남자 선배 역시 페미니즘에 대해서 어느 정도는 이해하고 또 동조했기 때문에 그런 운동을 적극적으로 지원해 줬고 여자 친구라는 존재도 학교 내에서 벌어진 페미니즘 운동을 도와주면서 만난 거라고 한다.

"그런데?"

"너도 알잖아, 꼴통 페미라는 존재들이 얼마나 답이 없는지."

"뭐…… 모르지는 않지."

페미니즘과 꼴페의 차이는 바로 의무에 있다. 가령 똑같이 일한다면 똑같은 대우를 받을 자격이 있다고 말하는 사람은 페미니즘을 믿는 사람이다. 그리고 기본적으로 그게 정상이다. 하지만 꼴통 페미니즘을 믿는 사람은 그게 아니다. 여성이 더 우월한 존재이기 때문에 여자에게는 여자가 일할 때는 주도해야 하지만 여자는 약한 존재이기 때문에 여자는 야근 시켜서는 안 되며 여자는 생리하기 때문에 생리휴가도 챙겨 줘야 하고 일이 잘못되었어도 그건 책임자인 여자의 잘못이 아니라 그 아래서 일을 제대로 도와주지 않은 남자 직원들의 잘못이라는 것이 그들의 주장이다.

"그래서 헤어지자고 했대."

"그래서?"

"그런데 그 과정에서 속이 터지겠으니까 담배를 피운 모양이야."

"하긴……."

가볍게 생각한 사람이 아니라 진짜로 제대로 만나고 싶은 상대였다면 상대방에게 이별을 고하는 것이 쉬운 결정은 아닐 것이다.

"그런데 그게 성희롱이라고?"

"응."

"기가 막히네. 그런데 그 여자는 둘째치고 그 여학생회는 뭐야?"

"말 그대로야. 성희롱을 한 학생을 학교에서 제적시키고 손해배상을 해야 한다며 난리 법석이야."

노형진은 한참을 말을 아끼다가 천천히 입을 열었다.

"진심으로 물어보는 건데 거기 여학생회는 가입 조건이 마약을 한다거나 그런 거야?"

"그럴 리가 있냐?"

"근데 왜 그래?"

"나야 모르지."

"기가 막히네."

두 사람이 사귀고 안 사귀고는 두 사람의 선택이지, 학생회가 나설 문제가 아니다. 더군다나 담배라는 것도 기호품이지, 성희롱 제품인 것이 아니다. 그리고 상황 자체도 지극히 정상적인 상황이다. 그런데 성희롱이라니?

"근데 그게 말이 안 되는 건 알겠는데 그게 누나랑 무슨 상관이야? 그 남자를 개인적으로 아는 거야?"

"아니."

"근데 왜 누나가 이 일에 나서?"

"지금 학생회장이 광석이잖아."

"어? 형이?"

"몰랐어?"

"몰랐지."

박광석은 자신의 학교생활에 대해 노형진에게 잘 이야기하지 않는다. 하긴 노형진은 아예 대학이라는 곳을 가지 않았으니 더 이야기할 이유가 없었을지도 모른다. 어쩌면 자랑이라고 느낄지도 모르기 때문이다.

"그거랑 이번 사건이랑 무슨 관계인데?"

"총여학생회에서 그 남학생에 대한 제명 신청서를 냈는데 광석이가 기각시켰거든."

"응? 제명 신청서? 그걸 왜 학교에 안 내고 총학생회에 내는데?"

"글쎄, 그러고 보니 그러네?"

노형진은 단번에 상황을 이해하고 혀를 끌끌 찰 수밖에 없었다.

'가장 만만한 사람을 찾은 거네.'

딱 봐도 이런 사건은 학교에 이야기해 봐야 학교에서 들어
줄 리 없다. 그러니 가장 만만한 학생회에 낸 것이다. 학생회
는 실질적으로 학생이 운영하는 거라 영향력을 발휘하기 쉬
우니까.

"그런데 그 후에 그…… 뭐냐? 하여간 이상한 곳에서 끼어
들더니 지금 그 남자랑 광석이를 거의 패 죽일 것같이 때려
잡고 있어."

"패 죽일 것같이?"

"아주 대놓고 씹고 있다니까."

"끄응…….”

아무래도 노현아는 이 사건에 대해 잘 알지 못하는 듯했다.

'하긴 광석이 형이 이런 문제를 누나한테 고민할 사람은
아니지.'

그럼에도 불구하고 누나가 어느 정도 사정을 알고 여기까
지 찾아왔다는 건 외부적으로는 모르지만 내부적으로는 무
척이나 큰 문제가 되었다는 뜻이기도 했다.

"네가 좀 도와줄 수 있을까?"

"어…….”

노형진은 잠시 고민하다가 고개를 끄덕거렸다.

"뭐, 일단 도와줄게.”

"생큐!"

"생큐는 무슨……. 일단 내가 좀 알아볼 테니까 누나는 모른 척하고 있어."

"응."

노현아가 나가고 난 후 노형진은 고개를 흔들었다.

"이게 무슨 병신 같은 짓이냐……."

결국 노형진은 자세한 상황을 알기 위해 한국대 출신 변호사들에게 도움을 청했다. 그런데 그렇게 들은 이야기는 더 가관이었다.

"쪽팔리네요."

사정을 듣고 부탁받은 한국대 출신 변호사인 김재혁은 진심으로 얼굴에 쪽 팔리다는 표정이 드러나 있었다.

"도대체 왜 그런 겁니까?"

"이게…… 여러 가지로 복잡한 건데요……."

"설명해 주세요."

"일단 남자가 속해 있던 집단은 한국남녀평등운동회라는 집단이에요. 그리고 여자가 속해 있던 집단은 한국여성권리찾기협회라는 단체고요."

"뭐, 예상은 했습니다."

애초에 같은 운동을 하면서 만났다고 하니 당연히 무슨 단체에 속해 있을 거라고 예상은 했다.

"그런데 그 한국남녀평등운동회, 줄여서 평등회에서 얼마 전에 한국여성권리찾기협회, 즉 여성권리회에 결별을 선언했어요."

"네?"

"여성권리회가 극단적인 여성 상위 운동을 하니까 함께할 수가 없었던 거죠."

"뭐…… 그다음은 대충 알겠네요."

여자는 분명 그것에 대해서 끊임없이 남자에게 투덜거리면서 문제를 일으켰을 테고 아무리 남자가 보살이라고 한들 자기를 만날 때마다 불만만 토로하는 여자를 만나기는 힘들었을 것이다.

"그런데요?"

"그러다가 기회가 온 거죠."

"끄응…….."

평등회가 결별을 선언하자 이참에 길들이겠다는 생각으로 권리회에서 일을 크게 만들면서 그들을 공격했다는 뜻이다.

"고작 이걸로요?"

강간이나 성추행이나 성희롱을 한 것도 아니고 결별을 이야기했을 뿐이다. 그런데 그걸 가지고 성희롱이라고 주장하면서 일을 키우다니?

"그 후에는요?"

"여성학생 단체인 공감각이라는 곳이 끼어들었습니다. 공식적으로는 중재를 위해서지만요. 하지만 실질적으로 박광석을 쫓아내는 것이 목적인 듯합니다."

"네?"

중재란 말 그대로 둘 사이의 분쟁을 진정시키는 것이 목적이다. 그런데 중재시킨다고 와서는 한쪽 편을 들면서 쫓아내려고 한다면 그게 무슨 중재가 된단 말인가?

"어째서요?"

"그게 말이죠. 박광석이라는 분이 워낙 고지식해서요."

"고지식?"

"그게…… 바른 말이기는 한데…….."

"아아, 말 안 해도 알겠습니다."

노형진은 박광석에 대해서 잘 알고 있다. 누구보다 잘난 사람이기도 하다. 더군다나 정의 관념조차 투철하다 보니 그가 하는 말은 바른 말인 경우가 많았던 것이다.

'결국 그게 문제였군, 쯧쯧.'

박광석이 학생회를 운영하는 것은 공명정대하다. 문제는 그것이었다. 그동안 수많은 학생회장과 임원들에게 아부와 협박 그리고 여성 단체라는 점을 이용하여 실질적으로 아무런 일도 안 하고 돈만 뜯어먹고 있던 일부 여성 단체의 입장에서는 불만이 생길 수밖에 없었던 것이다.

"이건 법적으로 하기도 좀 애매한데요."

"아뇨, 해야지요. 어찌 되었건 저쪽에서 공격이 들어온 게 맞지 않습니까?"

"그렇기는 하지만."

이대로 간다면 아마 집중 공략당하게 될지도 모른다. 만일 패배한다면 나중에 박광석의 미래에 오점이 될 수도 있는 일.

'그건 곤란하지.'

박광석 개인의 문제라면 그냥 넘어갈 수도 있지만 어찌 되었건 박광석은 노형진의 누나 노현아와 미래가 실질적으로 연결되어 있는 상황.

"이 일은 제가 좀 해결해 보도록 하지요."

결국 노형진은 이번 일에 직접 나서기로 했다.

⚖

"회장 형, 손님."

노형진이 한국대 총학생회 사무실에 들어가자 그 안에서는 고함가 터져 나오고 있었다.

"아, 진짜 인터뷰 안 한다고요! 말 진짜 안 들어 처먹네!"

쾅 소리가 나면서 부서지듯 떨어지는 전화기. 그걸 보면서 노형진은 혀를 끌끌 찼다.

'다 좋은데 저런 성격 때문에 결국은 변호사를 못했지.'

검사나 판사는 언론 같은 것에 대해서 신경 쓰지 않아도 된다. 공무원이니까. 하지만 변호사는 언론 플레이도 실력이다. 그런데 박광석은 저런 외부적인 힘이 자신의 소신에 대해 영향력을 행사하는 걸 싫어해서 그걸 제대로 이용하지는 못했다.

"형, 그거 부서지면 형 자비로 물어내야 하는 거야. 알지?"

"어? 형진아!"

문득 고개를 든 그는 얼굴에 반가움이 서렸다.

"이 시간에 어쩐 일이야?"

"어쩐 일이겠수? 알면서."

"끄응…… 현아도 안 거야?"

"상황이 이 꼴이 되었는데 현아 누나가 모르길 바라는 게 더 무리 아냐?"

"끄응…… 일단 앉아라."

노형진의 말에 고개를 흔들던 박광석은 노형진에게 자리를 구했고 자리에 앉은 노형진에게 커피를 한 잔 건넸다.

"어떻게 된 거야?"

"자초한 거지, 뭐."

"자초?"

"그래. 두 집단 다 내가 미울 수밖에 없거든."

"뭐야? 단순히 남녀 사이의 문제 아니었어?"

그 말에 박광석이 피식 웃었다.

"처음에는 그랬을지도 모르지. 하지만 실상은 그게 아냐."

"무슨 일인데?"

"결국 돈 문제지, 뭐."

박광석의 말에 따르면 그는 기존의 실적과 예산 집행 내역 그리고 예산 신청의 타당성 등을 분석해서 학생회에 예산을 청구한 학교 내 단체에 예산을 배정했단다. 그런데 그게 문제였다.

"뭐가 문제였는데?"

"평등회 쪽은 정상적이었는데 권리회 쪽하고 공감각 쪽은 정상적이지 못했지."

예산 내역을 보니 평등회 쪽은 페미니즘 운동을 나름 정상적으로 했단다. 토론회를 열거나 홍보 문건을 만들거나 캠페인을 하거나. 하지만 권리회 쪽과 공감각 쪽은 정상적으로 예산 운영을 하지 않은 게 드러났다.

여성권리회는 호텔에서 회의를 진행하고는 했는데 그때마다 거의 한 명당 150만 원에 가까운 돈을 쓴 것이다. 문제는 그 회의 참가자가 대부분 여성권리회의 사람들이라는 것.

공감각 쪽은 여성의 동질감 향상이라는 이름하에 캠페인을 주최했는데, 거기에 쓰인 볼펜이 개당 100원짜리 모나미 볼펜인 데에 비해 발주 가격은 무려 개당 4만 5천 원인 것이 문제였다.

"결과적으로 그들을 감사했는데 뻔하지, 뭐."

"뻔하네."

우리나라의 고질적인 문제가 바로 무슨 운동 한답시고 예산타서 유용하는 것이었다.

"그래서 그쪽을 잘라 버리고 정상적인 페미니즘 운동을 하던 곳으로 예산을 돌렸거든."

"실질적으로 그게 문제였군."

그 말에 박광석은 고개를 끄덕거렸다.

'하긴 상식적으로 헤어지자면서 담배 피운 걸 가지고 학생 회장에서 물러나라는 게 말이 안 되는 소리기는 하지.'

어쩐지 일이 이상하게 확대된다 싶었더니 그들은 핑계를 만들어서 박광석을 쳐 내고 싶은 것뿐이었다.

"그래서 조사는 해 봤어?"

"해 보려고 했지."

"근데?"

"말이 안 통해."

박광석의 말에 따르면 그 헤어졌다는 여자는 조사에 오지도 않고 그렇다고 협조하는 것도 아니면서 남학생에 대해서 무조건 한국대에서 자퇴하라고 요구하고 있는 상황이고, 여성권리회와 공감각 측은 박광석이 공식 사과를 한 후 총학에서 사퇴하라고 요구하고 있는 중이라고 한다.

"일단 좋게 해결하려고 시도는 해 봤어?"

"해 봤지. 근데 법대로 하래. 말이 안 통해."

이것이 남이다

그 말에 혀를 끌끌 차는 노형진.

"법대로 해라라……. 그 애들은 법대로 하라는 게 얼마나 무서운지 알고는 그러는 거야?"

"그건 좀…….."

"법대로 해 달라면 법대로 해야지."

"야…… 그래도 학교 문제인데."

아무래도 학교라는 공간이라는 특수성 때문에 박광석은 법대로 하는 게 부담스러운 모양이었다. 그 말에 노형진은 혀를 끌끌 찼다.

"형, 학교는 사회아냐?"

"응?"

"학교가 무슨 치외법권이냐고. 형도 알잖아, 형 괴롭혔던 녀석이 왜 그렇게 기고만장했는지. 학교랍시고 어른들이 치외법권 취급을 해 주니까 그런 거 아냐. 학교는 사회의 일부야. 사회와는 다른 세계가 아니라 법의 영향을 받는 공간이라고. 그리고 애초에 그때는 애새끼이기라도 했지, 여기는 죄다 성인이야. 거기에다가 한국 최고의 대학교라고 하는 한국대생들이라고. 그런데 자기 이득을 위해서 땡깡을 부리는 게 말이 된다고 생각해?"

"흐음……."

그 말에 박광석은 침묵을 지켰다.

"학교라서 공권력이 못 들어오기를 바란다면 그건 착각이야.

학교는 사회고 사회에는 공권력이 들어오는 게 정상이라고."

"그렇기는 하지."

한숨을 푹 쉬는 박광석.

"저런 애들이 왜 저렇게 기고만장해질 수 있는지 알아? 대우받아 왔으니까 그런 거야. 장담하는데 저기에 있는 여자애들 죄다 좀 있는 집의 자식들이지? 안 그래?"

"부정은 못하겠네."

"당연한 거잖아."

한국대에 들어올 정도의 실력을 가지려면 학교에 다닐 때도 상당한 실력을 가지고 있어야 한다. 문제는 있는지 자식과 없는 집 자식의 갭이 크다는 것. 있는 집 자식은 돈도 있겠다. 공부도 잘하니 평생을 대우받으면서 살아왔을 것이다. 없는 집 자식은 공부를 잘해도 없다는 것 이유만으로 등록금을 고민하고 있을 것이다.

'상식적으로 없는 집 자식들이 저런 미친 짓거리를 할 이유가 없지.'

당장 부모님이 얼마나 힘들게 돈을 버는지 알고 있는 사람들이 이런 미친 짓을 할 리 없다.

"그럼 어쩔 거야?"

"법대로 하라고 했다며."

"결국 법대로 해라 이건가?"

"원하는 대로 해 줘야지."

"하아……."

박광석은 잠시 고민하는 듯했다.

"솔직히 내가 사퇴할까 생각 중이거든."

"그렇게 된다면 형이야 편하겠지만 그 예산 가지고 명품질 할 건 알지?"

"끄응……."

박광석은 한참을 고민하다고 결국 고개를 끄덕거렸다.

"좋아. 그래…… 원하는 대로 해 주자. 법대로 하라는데 뭐, 법대로 해야지."

그 말에 노형진의 입에 미소가 떠올랐다.

"그래야 우리 형이지, 후후후."

⚖

며칠 뒤, 여성권리회와 공감각은 박광석과의 협의에 따라서 학생회 사무실로 들어왔다. 아나나 다를까, 이번 사태를 일으킨 학생은 오지도 않았다.

'합의 의사가 없다고 하더니 진짜인가 보네.'

쪽팔려서 오지 않는 건지, 합의 의사가 없는 건지 알 수 없지만 어찌 되었건 그는 오지 않은 이상 그녀를 빼고 진행하는 수밖에 없었다.

'뭐, 진행이라 할 것도 없지만.'

"이딴 자리를 왜 만든 거죠?"

"우리 요구는 단호하다는 걸 알 텐데요? 성희롱을 한 학생은 학교에서 자퇴하고 학생회장은 당장 사과하시고 회장직에서 그만두세요."

양측의 대표단은 팔짱을 낀 채로 도도하게 말을 꺼냈다.

"솔직히 말해서 이거 말도 안 되는 상황인 거 아시잖습니까? 그만하시죠."

박광석은 이쯤에서 그만하자고 했지만 양측은 단호했다.

"도대체가 법대에서 배우시는 분이 피해자 중심주의라는 것도 모르세요? 이렇게 무식할 수가. 피해자가 생겼으면 모든 사건은 피해자를 중심으로 해결해야 하는 거 아닌가요? 그런 실력으로 어떻게 한국대를 들어오셨대요?"

깐죽거리면서 말을 꺼내는 여자. 그걸 들은 노형진은 혀를 끌끌 찼다. 제대로 알지도 못하면서 지껄이는 건 저쪽이었기 때문이다.

"잘못 아시는 게 있는데 피해자 중심주의는 모든 사건을 피해자 중심으로 해석한다는 게 아니라 모든 사건들을 처리할 때 피해자에게 2차적 피해가 발생하지 않게 한다는 개념에 가깝습니다. 여러분들이 주장하는 사건 해석 방법은 존재하지 않습니다. 특히 이런 성희롱 범죄에서는요."

"뭐라고욧! 웃기지 말아요! 우리도 변호사한테 다 알아보고 한 거거든욧! 그리고 당신이 누군데 여기서 평가질이에욧!"

노형진이 말하자 당장 노형진에게 공격의 칼날을 돌리는 사람들. 박광식은 그런 노형진을 보다가 어깨를 으쓱했다.

'뭐, 알아서 하겠지.'

노형진이 자신보다는 더 뛰어나다는 사실은 박광석은 알고 있었다. 그가 아무리 한국대 법대에 다니고 있고 학생회장이라고 할지라도 노형진이 근 몇 년 사이에 이룩한 것에는 비교할 수도 없으니 말이다.

"한 가지만 물어보겠습니다. 그 변호사가 누굽니까?"

"남화숙 변호사님이라고 아시나 모르겠네요? 무려 여성부 자문 변호사로 계신 분이신데."

"아아아, 알죠."

알다뿐이겠는가? 그녀 역시 공부를 잘해서 변호사가 되기는 했지만 한 가지 문제가 있는 변호사인데. 그건 다름 아닌 그녀가 꼴페라는 것.

'대책 안 서는 사람을 만났구만. 아니, 그런 사람을 일부러 찾아서 간 건가? 그렇겠네. 원래 인간은 듣고 싶은 것만 듣고 싶어 하니까.'

남화숙이 실력이 좋은 변호사라는 건 인정한다. 하지만 심각한 문제가 있는데 바로 남성에 대한 피해망상이 극도로 심하다는 것이다. 그 덕분에 남성을 상대하는 사건에서 극도의 공격성을 띠는 경우가 많았고 그걸 인정받아 여성부에서 자문 변호사로 일하기도 했다. 문제는 그 공격성이다.

'말이 되는 소리를 해라.'

그녀는 상대방이 남자라고 하면 법적인 관점과 상관없이 무조건 적이라느니 죽일 놈이다느니 이길 수 있다느니 하는 식으로 말을 하기 때문에 문제가 많았다. 물론 정상적인 사건이라면 그녀만한 변호사가 없다. 실제로 수많은 여성들에 대한 성희롱 사건에서 그 공격성으로 피해자를 보호하고 가해자를 응징한다는 점에서 그 부분은 노형진도 인정하고 있고 일부 존경스럽기도 하다. 하지만 남자라는 이유로 무조건적으로 적대적으로 대하는 그녀의 성향은 그녀가 최고의 변호사로 올라가지 못하는 가장 큰 이유였다. 애초에 여성부 자문 변호사가 된 것도 결국은 그녀의 실적보다는 그런 그녀의 성향 때문이니까.

"그럼 그분을 변호사로 선임하시면 되겠네요."

"뭐라고요? 지금 여자라고 무시하나요?"

"무시라니요. 천만에 말씀. 무시가 아니라 협상 결렬을 이야기하는 겁니다."

"흥, 당신이 뭔데요?"

"저요?"

그 말에 노형진은 씩 웃으면서 주머니 속의 지갑에서 명함을 꺼내서 두 사람에게 건넸다.

"이런 사람입니다."

그걸 받아 든 두 사람의 얼굴이 딱딱하게 굳어 가기 시작했다.

"노형진 변호사?"

"네, 변호사입니다."

"변호사 따위가 왜 우리 일에 끼어드는 거예요?"

"변호사 따위라……. 아직은 변호사 따위라는 이름을 들을 정도로 변호사의 위상이 무너지지 않은 것 같습니다만?"

그쪽에서 무섭게 공격해 왔다. 하나 노형진이 봤을 때는 나이 어린 여자들의 치기에 지나지 않았다.

"이런 말이 있지요. 전쟁을 겪어 보지 않은 사람일수록 전쟁을 이야기하고 법을 겪어 보지 않은 사람일수록 법을 이야기한다."

"무슨 말이죠?"

"간단합니다. 법대로 하자고 하셨다면서요?"

"그…… 설마…….."

"법대로 하겠습니다."

노형진이 자리에서 일어나자 그를 따라서 일어나는 박광석.

"무슨 짓이에요! 우리가 누군 줄 알고!"

그 말에 나가던 노형진이 멈췄다. 그리고 부드러운 미소를 지으면서 그녀들을 바라보았다.

"우리가 누군지 알고라……. 그래, 한번 말해 보시죠. 당신이 누군데요?"

"뭐라고요?"

"말해 보시라고요, 당신들이 누군지."

"그……."

말할 수 있을 리 없다. 우리가 누군지 알고 말하고 있지만 사실 그들은 그저 학생일 뿐이다. 여성운동가라고 말하지만 세상은 아직 학교도 졸업하지 못한 여성운동가를 인정하면서 대우해 주지 않는다.

"말씀해 보시라니까요, 당신들이 누군지."

"우리 아빠는 융성의 사장이라고요! 나한테 잘못 보이면 큰일 날 텐데."

결국 치기 어린 여자들이 들이밀 수 있는 가장 강력한 카드는 부모님의 직위다.

"그럼 그쪽은?"

"전 검찰청 부장검사가 우리 아빠예요. 변호사 따위가 이길 수 있는 상대가 아닐 텐데요?"

자신들의 부모의 직위가 마음에 드는지 흡족한 얼굴이 되는 두 여자. 노형진은 그 여자들을 보면서 혀를 끌끌 찼다.

"그러니까 당신들이 누군지 알고가 아니라 당신들 아버지가 누군지 알라는 거네요?"

"뭐라고요?"

노형진은 대답하는 대신에 주머니에서 핸드폰을 꺼내 들었다.

"이 전화기에는 여러 사람의 전화번호가 들어 있지요. 그쪽 여자분은 아버지가 융성의 사장님이시라고요? 하긴 융성이 요즘 한창 뜨고 있는 곳이기는 하지요. 하지만 기껏해야 대롱에 납품하는 하청으로 알고 있는데 말이지요."

"뭐라고욧! 지금 우리랑 전쟁하자는 거예욧?"

여자가 자신을 무시했다고 느꼈는지 화내려는 찰나, 노형진은 뭔가를 찾아서 그녀에게 내밀었다.

"그럼 유민택이라는 이름에 대해서 잘 아시겠네요."

그걸 본 여자는 얼굴이 새파랗게 질렸다. 거기에는 유민택회장님이라고 이름이 써 있었기 때문이다.

"전 회장님의 직통전화를 가진 사람입니다. 원하시면 연결시켜 드리죠. 그리고 부장검사요? 제 전화기 안에는 대검찰청 중앙수사본부 부장님의 전화번호도 있죠. 고작 변호사 따위요? 당신들이 그렇게 만만하게 보고 무시하는 변호사들이 이 대한민국의 상위 1% 안에 들어가는 인재라는 사실은 아십니까? 그리고 당신 같은 여자들이 가장 결혼하고 싶어하는 1등 신랑감이라는 사실도 아시나요?"

"……."

"뒷배경으로 찍어 누르시겠다? 전쟁? 제대로 둘 중 하나 죽을 때까지 싸워 본 적이 없으시군요. 한번 동원해 보세요. 전쟁? 해 드릴게요. 제 인맥과 돈을 이용해서 한번 끝까지 싸워 드릴게. 아, 돈 문제가 나와서 말인데 지금 제 자산이 5천억이 훨씬 넘습니다. 돈지랄로 싸워 보고 싶으세요? 한번 해 보죠. 법원에서 뵙겠습니다."

노형진은 빙긋 웃으면서 정중하게 경고하고 회의실을 나왔다. 박광석은 그를 따라 나오면서 고개를 흔들었다.

"애들 완전 패닉인 것 같은데 진짜로 그렇게 대대적으로 죽이려고 할 거야?"

"자기 선택이죠. 결국 작은 사건을 키운 건 저쪽입니다. 자기들만 처벌받고 끝내겠다면 저 역시 그럴 이유가 없지만 저쪽에서 전쟁하려고 한다면 저 역시 피할 이유가 없지요."

그 말에 박광석은 어깨를 으쓱했다.

"뭐, 자초한 거네."

"자초한 거죠."

⚖

노형진은 일단 그들을 허위 사실 유포와 명예훼손으로 고발을 넣었다. 당장 주변에 그들이 그러한 행동을 했다는 증거는 차고 넘쳤기 때문에 어려운 건 아니었다.

아니나 다를까, 얼마 후 압력이 들어오기 시작했다.

"네, 노형진입니다."

"야! 이 새끼야! 너 누구야!"

"네?"

"너 이 새끼, 내가 누군 줄 알고 우리 딸을 건드려? 뒈지고 싶어?"

노형진은 그 말을 듣고는 대번에 누군지 알아챘다.

"융성의 사장님이시군요."

"나 알아? 알면서 우리 딸을 고소해? 네가 지금 뒈지고 싶지? 너 한국 뜨고 싶어, 이 새끼야?"

노형진은 그 말을 조용히 듣고만 있자 상대방은 흥분한 건지 별의별 욕을 다 하기 시작했다. 그렇게 한참 그쪽이 욕을 하고 협박하고 난 후 노형진은 상대방에게 작게 이야기했다.

"일단 말씀은 잘 들었고요. 따님이 말씀 안 드렸어요?"

"뭐라고?"

"뒷배경 써서 도발하면 저 역시 전력으로 부딪치겠다고 말씀드렸을 텐데요?"

"네까짓 놈이? 흥."

아마도 그 여자가 제대로 말을 안 한 모양이다. 하긴 그런 여자들은 뻔하다. 자기 잘못에 대해서는 누구보다 관대하고 남에게만 그 잘못을 뒤집어씌우는 타입.

"일단 지금 하신 말씀은 모두 녹음되었습니다. 이거 정식으로 협박으로 고소 들어갈 겁니다."

"고소? 이 새끼가 죽으려고 작정했구나. 고소? 해 봐! 그래, 해 봐, 이 새끼야!"

"아, 그리고 따님이 제 뒷배경에 대해서 말 안 하신 것 같은데."

"뭐?"

반문하는 걸 보니 아마도 말 안 한 게 확실한 모양이었다.

'그거야 내 알 바 아니지.'

뒷배경이 있든 없든 변호사에게 이런 식으로 협박하는 녀석은 바른 녀석이 아니다. 그리고 그런 녀석에게 지고 들어갈 생각 따위는 눈꼽만치도 없었다.

"따님 잡고 잘 물어보세요, 무슨 일이 벌어질지."

노형진은 전화를 끊었고 바로 전화기를 들었다.

"유 회장님."

"오, 노 변호사, 노 변호사가 어쩐 일로 먼저 전화를 다 했나?"

일반적으로 노형진은 먼저 전화하지 않는다. 딱히 청탁하지 않는 타입이기 때문이다. 그런 그가 먼저 전화하자 유민택은 신기한 듯 물었다.

"잠시 시간을 좀 내주실 수 있는지요?"

"시간?"

"네."

"무슨 일 있나?"

"유 회장님이 도와주실 일이 있어서요."

"도와줄 일이라. 내 얼마든지 내주지. 바로 와 주게."

"감사합니다."

노형진은 바로 자리에서 일어났다. 그리고 미소를 지었다.

"전쟁? 까짓거 해 주지, 뭐."

인생은 실전이다

"그런 일이 있었나?"

"네."

"그래서 자네 부탁은 뭔가? 융성과의 거래를 끊어 달라는 건가?"

"에이, 그럴 리가요."

아무리 노형진이 전쟁한다고 하지만 융성의 사장이라는 인간에 대한 불만이지, 그곳에 일하는 직원들에 대한 불만은 아니었다.

"거길 날려 버리는 거야 쉽죠. 하지만 그렇게 된다면 융성에 일하는 사람들은 실업자가 됩니다. 그리고 그 가족들도 문제가 되겠지요."

"흠…… 하긴…… 내가 알기로는 융성에서 일하는 사람이 육백 명 정도 된다고 알고 있네."

육백 명이면 4인 가족을 기준으로 했을 때 무려 이천사백 명의 사람들이 생계가 막막해지는 것이다.

"전 그렇게 할 생각까지는 없습니다."

"그럼?"

"거래죠."

"거래?"

"네, 이번 사건에 대해서 저도 도움을 좀 받고 대룡의 이미지도 좀 재고시키고자 하는 거죠."

"호오."

유민택은 만족스러운 얼굴이 되었다.

'이런 게 참 마음에 든단 말이지.'

노형진은 절대 부탁하지 않는다. 자신에게 부탁하면 어지간한 것은 들어줄 거라는 것을 알면서도 언제나 거래의 형식으로 기브 앤드 테이크를 확실하게 한다.

"안 그래도 지난번에 고생이 좀 심했지."

방송국에서 노형진을 노리고 사건을 조작하는 바람에 광고에서도 철수하고 한번 깽판을 쳤다. 그 덕분에 사건을 조작했던 방송국 피디가 잘리고 예능국 국장이 경고를 먹고 방송국 차원에서도 사과 방송을 내보내고 징계를 받는 등 난리 법석이 벌어졌지만.

"그러니까 이미지 쇄신을 하기 위해서 한번 나설 때 되기는 했지요. 뭐, 큰 건은 아니지만 말입니다."

"그래, 어떻게 했으면 좋겠나?"

"간단합니다. 이 사건을 외부에 공표하는 것이지요."

"공표?"

"어차피 이 사건은 외부에 나가도 이쪽을 욕할 사람은 없습니다. 도리어 미친년이라고 저쪽을 욕하겠지요. 그러니까 회장님께서 이번 사건에 대해서 징계성으로 융성에 대한 계약 해지나 주문 감소를 언급하는 것만으로도 융성은 흔들릴 겁니다."

"우리가 좋은 것은?"

"사회적으로 바른 기업이라는 이미지를 심어 줄 수 있지요. 안 그래도 대룡은 현재 사회적으로 바른 이미지로 많은 이득을 보고 있지 않습니까?"

"그거야 그렇지."

노형진이 바른 이미지를 요구하면서 작전을 짰을 때 솔직히 회사 내부에서는 반대가 심했다. 단기적으로 매출이 급감소하기 때문이다. 하지만 그 시간이 길어질수록 같은 물건이라면 차라리 대룡이라는 인식이 퍼지면서 확실하게 매출이 오르고 있는 상황이라 온갖 꼼수와 편법으로 승부하던 성화를 조금씩, 하지만 확실하게 제압해 가고 있었다.

"그러니까 이참에 현대판 읍참마속을 한번 행하는 겁니다."

"읍참마속이라."

읍참마속이란 삼국지에서 제갈량이 울면서 마속의 목을 베었다는 뜻의 고사성어다. 마속은 삼국지 내에서도 유능한 장수였다. 하지만 그는 군율을 어기고 마음대로 행동했고 그게 패배라는 결과로 나타나면서 제갈량은 규율의 엄중함을 보이기 위해서 울면서 그를 죽일 수밖에 없었다.

"확실히…… 좋은 생각이군."

자신의 지원을 받는 거래 업체라고 할지라도 사회적으로 잘못되었다면 손해를 감수하고라도 쳐 낸다는 이미지가 만들어진다면 사람들은 대룡을 더욱 대우할 수밖에 없었다.

"그럼 자네는?"

"저야 개인적으로 재판이 유리해져서 좋습니다. 또…….."

노형진은 유민택에게 귓속말을 했고 유민택은 피식 웃었다.

"자네도 사람은 사람이군."

"전 변호사입니다. 성인군자가 아니라요."

"그렇지. 하하하, 변호사였지. 하하하, 좋네. 바로 실행하겠네."

⚖️

─우리 대룡에서는 이번 사태에 대해서 국민 여러분에게 사과를 드리면서 이번 사태에 대한 책임을 공감하고 있습니다. 이번 사태에

대하여 저희 대룡에서는 책임을 지고…….

방송에서 나오는 기자회견 장면을 보면서 융성의 회장은 안절부절못한 채로 방 안을 왔다 갔다 하고 있었다.

"이게 어떻게 된 일이야…….."

갑자기 대룡에서 융성과 관련하여 기자회견을 한다고 하더니 난데없이 사회적으로 바르지 못한 기업과 거래한 것에 대해서 사과하면서 거래 중지를 비롯한 모든 대책들을 검토 중이라는 무시무시한 발표를 한 것이다.

상무라는 고위직이 직접 나와서 허리까지 숙인 이상 조용히 넘어가기는 글렀다는 것을 그는 느낄 수 있었다.

"아빠, 무슨 일이야? 왜 오라고 난리야?"

그 순간 문을 열고 들어오는 딸.

사장은 그런 딸을 보고 심장이 철렁했다. 손에 들린 명품을 보아하니 쇼핑하다 온 모양이었다.

"너, 나한테 거짓말한 거 있어, 없어?"

"무…… 무슨 거짓말?"

하지만 시선을 슬쩍 돌리는 딸을 보고 정신이 아득해지는 사장.

"너, 지금 우리 회사에 난리가 난 거 알아?"

"난리라니?"

"지금 대룡에서 우리와 거래를 끊겠다고 기자회견을 했단 말이다! 너 때문에!"

"뭐? 그게 무슨 소리야!"

"네년의 눈은 폼이냐? 머리는 장식이야! 도대체 학교에서 공부하라니까 무슨 뻘짓거리를 하고 다니는 거야!"

"아빠, 그런 거 아냐!"

"아니면 왜 이런 일이 벌어지는데!"

그녀의 귀를 잡고 끌고 와서 컴퓨터의 앞에 앉히는 사장. 워낙 당혹스러운 일이다 보니 벌써 뉴스는 그 사건으로 도배되어 있었다.

"이…… 이게 무슨……."

내용을 요약하자면 간단했다. 자신들과 거래하는 거래사 한 곳에서 사건과 관련하여 권력을 이용하여 사건을 취소시킬 목적으로 변호사를 협박했다. 그 딸에 대한 사건은 지극히 개인적인 문제이므로 대룡에서 언급하지는 않겠지만 바른 기업을 표방하는 대룡으로서는 피해자를 구하기 위해서 노력하는 변호사를 협박하는 행위를 한 기업에 대하여 용납할 수 없으며 그런 기업을 제대로 검증하지 못한 점에 대해서 대국민 사과를 한다. 또한 거래 중지를 비롯한 모든 방법을 강구 중이라는 것.

"어어……."

사장의 딸은 멍하니 그걸 바라보았다.

"너! 솔직히 말해! 너 무슨 짓을 하고 다니는 거야!"

"그…… 그게…… 아니…… 저기, 그게…….."

짜악!

그 순간 그녀는 얼굴이 휙 돌아가더니 그대로 바닥을 나뒹굴었다.

"너 똑바로 말 안 해!"

그 말에 울상이 되는 그녀였다.

⚖️

"회장님! 한 번만 용서해 주십시오."

바깥에서 들리는 목소리에 유민택은 전화기를 들었다. 그리고 단호하게 선을 그었다.

"끌어내."

"네, 회장님."

"으아아아, 회장님…… 한 번만…… 제발 한 번만……."

잠시 후 잠잠해지는 바깥. 그리고 그걸 보면서 노형진은 만족스러운 얼굴이 되었다.

"역시나군요."

방송이 나가고 난 후 융성의 사장은 매일같이 대룡으로 와서 용서해 달라고 울고불고 난리였다.

"이쯤이면 되지 않나?"

"뭐, 이쯤이면 될 것 같기는 하네요. 분위기는 어떤가요?"

"아주 만족스럽네."

단순히 마음에 들지 않아서 갑질 하는 게 아니라 바른 기업이 아니라서 절대적인 갑인 대룡이 고개를 숙여 사과하는 사태가 벌어지자 사람들의 대룡에 대한 평가가 아주 좋게 변하고 있었다.

바른 기업.

정의로운 기업이라는 이미지는 아주 만들기 힘든 일이다. 그런데 이번 일로 대룡은 계열사도 아닌 하청이라 할지라도 갑질을 하면 자신들이 고개 숙일 줄 아는 바른 기업이라는 이미지가 생기고 있었다.

"그럼 저들은 이제 어쩔 건가?"

"슬슬 마무리를 지어야겠지요. 어차피 오래 끌 사건은 아니니까요. 어차피 저들은 이번 사태에서 메인도 아니고."

"그렇기는 하지. 그래, 주식은 충분히 샀나?"

그 말에 노형진은 고개를 끄덕거렸다.

"충분히 샀습니다. 현재 34%까지 샀습니다. 회장님이 지원해 주신다면 우호 지분만은 충분히 모을 수 있을 겁니다."

"그렇겠지. 그렇게 된다면 우리로서도 딱히 돈 써 가면서 다른 하청 업체를 알아볼 필요야 없지."

융성이 아무리 하청이라고 하지만 그 기술력이 낮은 건 아니다. 그러니 동급의 하청 업체를 찾기 위해서 상당한 시간이 걸릴 테고 설사 찾는다고 해도 부품을 받기 위해서는 상당한 시간이 걸릴 건 당연한 일.

"이 경우는 기업이 잘못된 게 아니라 그 대가리가 잘못된 것이니까요."

물론 아예 기업 문화 자체가 잘못된 곳도 있다. 성화 같은 곳이 대표적인 예다. 실적만 좋다면 뭐든 상관없다는 태도. 그에 반해서 융성은 사장이 좀 개념이 없기는 하지만 기업 문화 자체가 개판인 것은 아니니 그 녀석만 쳐 내면 그만이다. 그걸 위해서 노형진은 그동안 준비한 것이다.

"이번 일은 이쯤에서 끝낼까요?"

그 말에 유민택은 고개를 끄덕거렸다.

"죄송합니다. 한 번만 봐주십시오."

융성의 사장은 들어가도 된다는 소리가 들리자마자 무릎을 꿇고 납작 엎드렸다. 아무리 자신들이 기술력이 좋다고 해도 대룡처럼 거대한 거래처를 찾기는 힘들다. 더군다나 대룡에서 부도덕을 이유로 쳐 냈는데 다른 기업과 거래를 트면 그 기업은 부도덕한 기업이 된다. 그런데 누가 거래하겠는가?

"이보게. 그러니까 내가 전부터 바른 경영을 하라고 하지 않았나? 그리고 자식 농사가 절반이라는 말도 모르나?"

"죄송합니다. 제가 자식을 잘못 키워서 벌어진 일입니다.

이 모든 일에 대해서 사과드릴 테니 한 번만 봐주십시오."

　그녀의 딸은 말 그대로 나락에 떨어졌다. 화가 난 융성의 사장이 가위로 머리를 박박 밀어 버리고 옷이고 명품 가방이고 죄다 찢어 놨기 때문이다. 학교에서 명품 가방을 들고 다니던 그녀는 이제는 학교에 가지도 못한 채로 방 안에서 제발 회사가 망하지 않기를 기도하면서 바들바들 떠는 신세에 지나지 않게 되었다.

　"회사라……. 회사야 살려 줄 수 있지. 단, 조건이 있네."

　"말씀해 주십시오, 회장님. 뭐든 다 하겠습니다."

　"사장 자리에서 물러나게."

　"네?"

　"지금 거래를 해지하는 것까지 검토하겠다고 했는데 이제 와서 '거래를 계속하겠습니다.'라고 하면 우리의 입장이 뭐가 되겠나? 적당한 이유를 붙여 놔야지. 안 그런가?"

　그 말에 그는 사색이 되었다. 맞는 말이기 때문이다. 문제는 그렇게 된다면 자신은 최소한 1년에 2억 이상의 손해를 보게 된다는 것.

　"뭐, 원하면 계속 있어도 상관없네."

　"지…… 진짜이십니까?"

　"단, 그렇게 된다면 우리는 융성과 거래하지 못하게 되지."

　"헉!"

　결국 기업이 망하고 그도 망하고 휴지 조각이 되어 버린 주식을 쥐고 있을 것이냐, 아니면 기업은 살리고 그는 일부 주식으로 배당금이라도 받아먹으면서 살 것이냐의 문제였다.

"내가 조언해 주자면 벌써 수많은 주주들이 자네에게서 마음이 떠났다네."

그 말에 사장의 마음이 참담해졌다. 즉, 이미 그를 해직하기 위한 우호 지분들이 충분히 모였다는 뜻. 아무리 노력해도 그가 버틸 수 있는 방법이 없다는 뜻이었다.

"방법은 두 가지네. 자네가 버티면서 회사가 망하는 걸 보든가, 아니면 지금 지분이라도 가지고 나가서 회사를 살리든가."

"……."

"선택하게."

사장은 결국 고개를 푹 숙였다.

"네…… 알겠습니다."

"음……."

서울서부지법의 부장검사인 관학필은 뉴스를 보면서 혀를 끌끌 찰 수밖에 없었다. 그도 그럴 것이 방송에서 이번 사건의 책임을 지고 물러나는 사람이 아는 사람이었기 때문이다. 딸의 친구의 아버지인가 그랬던 사람.

'그때 전화했더라면······.'

등골이 오싹해지는 관학필이었다. 사실 자신의 딸이 고소당했다는 소식은 벌써 오래전에 들어왔다. 그리고 당연히 상대방에 전화해서 취하하려고 했다. 하지만 전화기를 들기 직전에 본 고소장의 이름에 그가 멈출 수밖에 없었다.

'노형진이라.'

노형진. 사업하는 딸의 친구의 아버지와 다르게 법조계의 현장에서 일하는 그는 노형진이라는 이름이 익숙할 수밖에 없었고 혹시나 하는 마음에 불안감을 가지고 일단 시간을 끌면서 최대한 상황을 보고자 했다. 아니나 다를까, 그처럼 하지 못한 사람은 나락으로 떨어지고 있었다.

"아빠!"

그 순간 문이 열리면서 들어오는 딸.

"무슨 일이냐?"

"아빠, 어떻게 일이 이렇게 될 때까지 구경만 할 수 있어? 내 친구가 얼마나 힘든지 몰라?"

그 말에 얼굴을 찌푸리는 관학필.

"힘들어?"

"그래, 이번에 친구네 집에서 아버지가 잘렸다잖아. 그까짓 변호사한테 압력 넣는 게 그렇게 힘들어?"

"하아, 넌 지금 생각이 없는 거니, 뭐니?"

"뭐?"

"천하의 대룡을 움직이는 사람들이다. 그런 사람한테 전화해서 압력을 가하라고? 네가 아무리 철이 없기로서니 그렇게 눈치가 없으면 어쩌겠다는 것이냐?"

"무슨 소리야? 그 정도는 할 수 있잖아?"

"'할 수 있잖아.'가 아니라 할 수 있어도 하지 말아야 하는 일이다. 그런데 그걸 해 달라니."

"아, 몰라! 어떻게 해서든 해결해 줘!"

그 말에 관학필은 얼굴을 찌푸렸다.

'내가 너무 오냐오냐하며 키웠군.'

어려서부터 애 자존심을 세우겠답시고 그다지 신경을 쓰지 않은 것도 사실이다. 검사의 아이라면 어느 정도 자신감은 있어야 한다고 생각했기 때문이다. 하지만 이제 와서 보니 자신감이 아닌 능력도 없이 자존심만 남아 있었다.

'담배를 피웠다고 성희롱? 말이 되는 소리를 해야지, 하아.'

더군다나 딸이 관련된 사건에 대해서는 이미 알아본 후였다. 이유도 그렇고 상황 대처도 그렇고, 도무지 상식이라고는 전혀 보이지 않는 대처였다.

'도대체 애를 어떻게 키운 거야?'

애 자존심 세운답시고 애 인생을 망친 아내를 생각하자 화가 난 그는 얼굴을 찌푸렸다.

"아빠!"

"시끄러워! 이번에는 내가 못 도와줘! 합의하든 벌금을 맞든 네가 알아서 해결해!"

"뭐? 그러다가 내가 감옥 가면?"

"그래도 네가 감옥에 갈 짓을 했다는 생각은 하고 있구나."

그 말에 딸은 아무런 말도 못했다. 이게 말도 안 되는 짓이며 명예훼손으로 간다면 감옥에 갈 수도 있다는 사실도 알고 있었다. 하지만 자신의 아버지는 부장검사다. 분명히 해결할 수 있을 거라 생각했다. 그래서 그런 것이었다. 그런데 하필이면 상대방이 자신들보다 훨씬 더 강한 권력을 가진 사람이라니.

"감옥에 가야 한다면 가야지."

"아…… 아빠?"

"네가 자초한 일이다. 안 그러냐?"

"하…… 하지만 아빠…… 나…… 감옥은…….."

"그러면 찾아가서 사과하고 합의서를 써 오든가."

"뭐?"

"사과하라고."

그 말에 딸은 멍하니 아버지를 바라보더니 갑자기 표독스러운 표정을 지었다.

"차라리 감옥에 갈래."

"허?"

"그딴 새끼한테 사과하느니 감옥에 가고 말래."

'이런 미친……. 도대체 애를…….'

사과하는 대신에 감옥에 간다는 말에 관학필은 어이가 없어서 딸을 바라보았다.

"진심이냐?"

"진심이야."

"알았다. 가 봐라."

"흥!"

딸이 나가고 난 후 관학필은 머리를 벅벅 긁으면서 한숨을 쉬더니 전화기를 들었다.

"선배님, 접니다. 혹시 시간 있으신가요?"

잠시 후 그는 김성식을 만나서 고개를 숙이고 있었다.

"그래서 나한테 중재를 요청하는 건가?"

김성식은 얼굴을 찌푸렸다. 그가 청탁하는 것을 싫어한다는 건 누구나 다 아는 사실. 그런데 자신을 찾아왔다는 건 최대한 선처해 달라고 부탁하는 거라는 걸 예상하는 것은 어렵지 않았기 때문이다. 그런데 관학필의 부탁은 예상을 뛰어넘었다.

"그게 아닙니다. 구속영장을 발부해 주십사…… 해서요."

"구속영장?"

노형진에게 중재를 요청하거나 사건에 영향력을 행사할 거라 생각했는데 도리어 구속영장이 나올 수 있게 해 달라는 말에 김성식은 어리둥절해졌다.

"사실은 애가 너무 철이 없습니다. 제가 가서 사과하라고 하니 절 표독스럽게 노려보면서 차라리 감옥에 가겠다고 하더군요."

"뭐?"

"제가 일한다고 너무 아내한테만 맡겼더니⋯⋯."

"쯧쯧⋯⋯ 어이가 없군."

김성식은 혀를 끌끌 찰 수밖에 없었다.

"그래서 진짜로 감옥에 보내고 싶은 건가?"

"아버지로서 그러고 싶겠습니까? 하지만 전화위복이라고 생각하고 싶습니다. 감옥에 대해서 잘 몰라서 저러는 것 같으니 비슷한 곳에 넣어서 한번 인생을 배우게 하는 것도 나쁘지는 않을 것 같아서요."

"거참, 이 사람, 머리 좀 썼구먼."

"자식의 일이잖습니까?"

구속되었다고 해서 결코 감옥에 가는 건 아니다. 구속은 말 그대로 도주하지 못하게 임시로 구치소에 두는 것에 지나지 않는다. 당연히 전과 기록도 안 남는다. 기껏해야 벌금을 내고 끝일 것이다.

'그리고 그 벌금은 아내가 나 몰래 내겠지.'

딸이 내야 하는 돈이지만 아내가 낼 건 당연한 일. 그럼 딸은 아무것도 배우지 못하고 또다시 인생을 허비할 것이다.

"그러니까 구치소에 넣어 달라?"

"네, 벌금도 구치소 노역으로 대체할 수 있게 해 주셨으면 합니다."

구속영장이 떨어지면 아마 난리가 날 것이다. 울고불고 생난리를 치겠지만 어쩌겠는가, 자초한 것인데. 거기에다가 그 걸 핑계로 아내한테 교육에서 손 떼라고 선을 그을 수도 있다.

"벌금도?"

"돈으로 낸다고 하면 아내가 몰래 내줄 테니까요. 평생 일이라고는 해 본 적이 없는 아이이니 이참에 정신 좀 차리게 해 주고 싶습니다."

원래 벌금을 내지 못하면 법원 명령에 따라서 구치소에서 노역으로 그걸 차감해야 한다.

'그 정도 혼이 나면 세상 무서운 걸 알겠지.'

벌금 기록 정도는 세상 사는 데에 큰 문제가 되지는 않는다. 하지만 그 안에서 온갖 사기꾼들과 거친 세상을 만나게 된다면 어쩌면 정신을 차릴지도 모른다.

"음…… 내가 보통은 청탁은 안 들어주지만 말이야. 도리어 자기 자식 형량을 늘려 달라는데 그건 또 안 들어주기도 그렇군."

김성식은 씩 웃었다.

⚖️

"어때요, 형?"

"자고 싶어."

"왜요?"

"집 앞에 와서 매일 울고불고 하는 아줌마들 때문에 쉴 수가 없다."

두 여자의 엄마들은 집에 와서 합의서 좀 써 달라면서 울고불고 생난리를 치고 있었다. 생각지도 못한 구속영장이 나오는 바람에 집안은 박살이 났고 딸들은 매일같이 꺼내 달라면서 연락해 대는 상황이었다.

"그냥 법대로 하라고 하세요."

"하하하."

그 여자들이 했던 말 그대로다.

"어차피 자기들이 유리하려고 사건을 키웠는데 그걸 통제할 자신이 없으면 알아서 그 뒷감당을 해야지요."

애초에 그들은 자신들이 유리해지기 위해서 사건을 키우고 그걸 이용해서 박광석을 쫓아내려고 했다. 사건은 무조건 키우는 게 좋은 게 아니다. 도리어 적당히 조절하는 게 중요하다. 그리고 그런 방법을 모르는 그들은 자신들의 소속 단체와 더불어서 최악의 상황으로 몰리고 있었다.

"진짜로 감옥에 갈까?"

"아니요. 아마 벌금으로 끝날 거예요."

"어떻게 알아?"

"그냥 특별한 부탁을 받았지요, 후후후."

물론 그 벌금이 20~30만 원은 아닐 것이다. 아마도 못해도 400만 원 이상은 나올 테고 그들은 구치소에서 제대로 인생을 맛보면서 노역해야 할 것이다.

"그나저나 이제 메인 요리를 할 시간이네요."

"메인 요리라……."

이 사건을 일으킨 주범은 아직까지 남아 있다 그녀는 사건이 커지자 어디론가 사라진 후였기 때문에 경찰의 조사에조차 응하지 않은 상황.

"뭐, 도망 다니는 건 한계가 있을 겁니다. 경찰이 그렇게 호락호락하지 않거든요."

사실 그녀는 도움받을 만한 곳이 거의 없었다. 이번에 벌어진 일이 전국적으로 드러나면서 그녀를 아는 사람들조차 그녀를 욕하면서 인연을 끊어 버렸기 때문이다.

"잡히고 나면 그 후에 적당한 처벌을 내려야겠지요."

그래 봤자 형사적으로 벌금일 것이다.

"그럼 그걸로 끝?"

그 말에 노형진은 고개를 흔들었다.

"이런 말이 있습니다."

"어떤?"

"위기가 곧 기회다."

"위기가 곧 기회다?"

"네, 그러니까 이번 위기를 기회로 삼아서 더 일어나야겠지요."

"……?"

박광석은 노형진의 말에 고개를 갸웃할 수밖에 없었다.

⚖️

"학교 그만두거라."

"아빠!"

"시끄러워! 도대체 얼마나 창피해야겠냐! 그리고 이 집도 내놓고 시골로 내려갈 테니 그렇게 알아!"

"헉!"

집안이 완전히 초상난 분위기였다. 그럴 수밖에 없는 게 그 집의 첫째 딸인 김요화가 저지른 일이 전국에 퍼지면서 주변에서 따가운 시선으로 바라보기 시작했기 때문이다.

"애가 생각이 없기로서니 뭐? 담배를 피웠다고 성희롱? 그것도 모자라서 협박에 명예훼손까지 하고 도대체 무슨 생각을 하고 사는 게냐!"

"그…… 그게 아니라……."

"시끄럽다! 이 집 팔고 시골로 내려갈 테니 그리 알아!"

"하지만 여보……."

도시 생활에 미련이 남은 그녀의 어머니는 어떻게 해서든 설득해 보려고 했지만 아버지는 단호했다.

"그럼 이 상황에서 장사를 계속할 자신은 있어?"

"……."

그 둘은 서울에서 제법 커다란 슈퍼마켓을 하고 있었다. 하지만 온 동네에 소문이 나면서 오는 손님이라고는 거의 없고 그나마 오는 손님들은 수군거리기에 바빴다. 얼마 전까지만 해도 한국대에 다니는 큰딸이 있다면서 부러워하던 것과는 전혀 다른 분위기.

"도대체 애 교육을 어떻게 시켰기에 애가 이 꼴이야? 최소한 상식은 있어야 할 거 아냐!"

"그게…… 아니, 그 애가 먼저……."

"그래서 지금 내가 담배 피우는데 이것도 성희롱이냐? 이아비도 고소할래?"

"……."

아무리 팔이 안으로 굽는다고 해도 한도가 있는 법이다. 그런데 자신의 딸은 말도 안 되는 이유로 남자의 인생을 파멸시키려고 한 데다가 그것도 모자라서 외부 세력까지 끌어들여서 일을 크게 만들었다.

"우리도 변호사를 고용해야 하지 않겠어요……? 일단 내려가는 건 나중 문제로 하고……."

"3천."

"네?"

"3천만 원 달라고 하더라. 우리가 무슨 갑부도 아니고 3천이 어디에 있어?"

"새론 쪽은 어때요? 그쪽에서 싸게 해 준다는데."

그 말에 아버지는 어이가 없다는 얼굴이 되었다.

"당신이 이 꼴이니 애가 이딴 식으로 자라지!"

"네?"

"이 고소를 이끌고 있는 게 새론이야! 그런데 그걸 맡기자는 소리가 나와? 애초에 애한테 관심이라고는 하나도 없잖아!"

"미……안해요."

워낙 욕을 많이 처먹어서 도무지 이 도시에 살 수는 없었다. 변호사비도 비싸다. 설사 어떻게 이 상황을 벗어난다고 해도 온 동네 창피한 소문이 났으니 여기서 살 수 있을 리 없었다.

"내일 당장 아파트 내놔! 아파트가 팔려야 변호사비라도 건질 거 아냐!"

"하지만……."

아파트만은 지키려고 하는 엄마와 팔려는 아빠. 그 둘이 싸우려는 찰나였다.

딩동.

"누구세요?"

눈치만 보던 둘째 딸은 누군가 오자 재빨리 가서 인터폰으로 상대방을 확인했다.

-경찰입니다.

"경찰요?"

-네, 여기 김요화 씨 계시지요?

"네?"

불안감을 느낀 가족들은 그쪽을 바라보았다.

"저기…… 없는데요."

불안감을 느낀 동생이 입을 열었지만 상대방은 단호했다.

-아까 집 안으로 들어가는 것 봤습니다.

"네?"

-열어 주십시오. 안 그러면 강제로 집행하는 수밖에 없습니다.

"강제로라니……."

불안감을 느낀 김요화는 격하게 고개를 흔들었지만 아버지는 한숨을 푹 쉬더니 손을 흔들었다.

"결국……."

"결국이라니요?"

"아까 변호사한테 갔을 때 그러더군. 구속영장이 나올지도 모른다고."

"여보! 구속이라니! 무슨 말씀이세요!"

새된 비명을 지르는 아내. 하지만 이미 경찰은 들이닥친 상황.

"사주받았던 그 두 사람한테 구속영장이 떨어졌는데 우리한테 안 떨어지겠어? 후후, 열어 드려."

"아빠!"

"그럼 평생 여기서 안 나갈까? 아니면 문 부수고 들어올 때까지 기다릴래?"

"……."

방법이 없었다. 김요화는 격하게 고개를 흔들었지만 아버지는 먼저 일어나서 문을 여는 버튼을 눌렀다.

"내일 집 내놓고 당장 변호사 사서 대응하자. 대출받아서라도 말이야."

"아빠!"

"네가 자초한 거야!"

그 말이 끝나기 무섭게 문이 열리면서 두 명의 경찰들이 집 안으로 들어왔다.

"김요화 씨? 경찰서에서 나왔습니다. 명예훼손 및 협박 범죄 모의 및 사주 등의 혐의로 체포합니다. 당신은 묵비권을 행사할 수 있으며……."

"꺄아악! 이건 아니야! 아니야!"

그녀는 절규했지만 이미 상황은 끝나 가고 있었다.

⚖️

"구속영장이 나올 거라는 거 어떻게 알았어?"

"일종의 제스처죠."

"제스처?"

"우리가 이렇게 엄중하게 하고 있으니 봐 달라는 그런 거 있잖아요. 애들 잘못하면 아빠한테 크게 혼날까 봐 엄마가 미리 혼내는 모습 보여 주는 거."

이것이법이다

"응?"

박광석은 어이가 없었다. 설마 그런 것이 법조계에도 있을 줄은 몰랐던 것이다.

"법조계라고 해도 결국은 마찬가지예요. 구속영장은 그다지 흔적이 남는 것도 아니고. 그쪽 입장에서는 별수 없죠."

쉽게 말해 최대한 요란을 떨면서 구속시킴으로써 노형진과 박광석 그리고 피해자에게 우리가 이렇게 노력하고 있으니 최대한 선처해 달라는 의사를 보내 주는 것이다.

"기본적으로 명예훼손 및 허위 사실 유포는 친고죄이니까요."

"거참, 멋지네."

박광석은 피식 웃었다.

"그러니까 우리는 전에 말했던 것처럼 위기를 기회로 삼아서 앞으로 치고 나가야 합니다."

"어떻게?"

"합의해야지요."

"합의?"

"네."

"그런데 그게 무슨 의미가 있어?"

합의한다면 결과적으로 모든 사건이 끝이다. 그런데 무슨 의미가 있단 말인가?

"간단합니다. 광석이 형의 미래를 준비하는 거죠."

"미래를 준비한다?"

"네, 얼마 후에 사법시험 봐야 하잖아요?"

"그거야 그렇지."

"사법시험 보면 중요한 게 뭔가요?"

"그…… 글쎄……."

일단은 1차와 2차 그리고 면접이 있다. 1차는 객관식, 2차는 서술식 그리고 면접.

"결과적으로 그 안에서 인맥을 만들고 파벌을 형성하려면 멋진 타이틀이나 비전을 보여야 하지요."

"그래서 내가 학생회장까지 하는 거잖아."

학생회장이라는 타이틀은 사회에 나가면 큰 도움이 된다. 박광석이 학생회장이라는 타이틀을 얻은 것 역시 단순히 일을 위해서가 아니라 미래를 위해서다.

"그러니까 이번 일을 기회로 삼아 형의 이름을 전국에 알리는 거죠."

"어떻게?"

"아주 공명정대하고 바르고 성실한 사람으로."

"엉?"

박광석은 이해하지 못한 채로 고개를 갸웃할 수밖에 없었다.

⚖

"저는 이번에 벌어진 명예훼손과 허위 사실 유포 그리고 협박에 관하여 충격을 금치 못했습니다. 그리고 대한민국 최고의 명문이자 학문의 전당인 한국대학교에서 이러한 일이 벌어졌다는 점에 대해서 실망을 금치 못했습니다."

얼마 후 각 언론사에 뿌려진 기자회견 초청장. 그건 박광석이 이번 사건의 가해자 세 명에게 손해배상을 청구한다는 기자회견이었다. 워낙 시끄럽고 말이 많았던 사건이었기 때문에 기자들은 너도 나도 취재하러 왔고, 박광석은 그들 앞에서 손해배상을 청구하는 기자회견을 시작했다.

"그래서 손해배상을 얼마나 청구하시는 건가요?"

문제는 그 청구 비용. 상대방은 한국 대학교의 학생회장이다. 상식적으로 적은 금액이 될 수 없다. 최소 수천만 원, 많으면 수억이 될 수도 있다. 더군다나 그 뒤에는 새론이라는 강력한 법무 법인이 있지 않은가?

그런데 그다음 말에 기자들은 자기 자신의 귀를 의심할 수밖에 없었다.

"전 그 세 명에게 제 정신적인 손해배상으로 1인당 100원의 손해배상을 청구하는 바입니다."

"에?"

"네?"

"잠시만요……. 저기 말을 잘못하신 것 같은데요?"

"100원이라고 하셨나요?"

"네, 100원입니다."

박광석의 말에 순간 기자회견장에 가득한 기자들은 멍한 얼굴이 되었다 . 100만 원도, 1천만 원도 아닌 고작 100원. 이 시대에 껌 하나 살 수 없는 돈을 청구한 것이다. 아니, 애초에 손해배상을 요구하는 소송비보다 훨씬 적은 돈이다. 즉, 배보다 배꼽인 셈.

"오류가 있는 것 같은데요? 100원이라니요?"

기자들은 웅성거리면서 박광석을 바라보았다. 하긴 최하 수천만 원을 받아 낼 수 있는 사건에 고작 100원을 청구한다는 게 그들로서는 이해할 수가 없는 일이었다. 하지만 박광석은 단호했다.

"오류가 아닙니다. 100원이 맞습니다. 동전 한 개요."

"어째서요?"

"첫째, 그들은 저에 대한 가해자임과 동시에 우리 한국 대학교의 재학생입니다. 전 한국대학교의 학생회장으로서 모든 재학생들의 권익을 위해서 싸우겠노라 다짐했습니다. 비록 그들이 저와 개인적으로 척을 졌다고 하나 여전히 재학생인 이상 학생회장으로서 그들의 권익을 해칠 수는 없습니다. 둘째, 저는 법을 전공하는 사람으로서 사람이 뉘우치고 갱생의 길로 갈 수 있다고 믿습니다. 비록 한 번의 실수로 인해서 이런 지경까지 왔다고 하지만 법률전공자로서 그들의 실수가 그들의 인생 자체를 파멸시키는 것을 원하지는 않습니다. 셋째, 학교의 명예를 위해서입니다. 우리는 대한민국 최고의 학교라는 자부심이 있습니다. 그 안에서 서로 간에 불미스러운 일이 있을 수도 있습니다. 사람이 사는 곳이니까요. 하지만 우리는 한국 최고의 지성을 지키는 한국대생으로서 그 명예를 지켜 나가야 합니다. 순간의 불명예는 짧습니다. 하지만 그걸 가지고 이권을 챙기고 자신의 욕심을 채울 수는 없습니다. 문제란 그걸 해결하는 것이 더욱 어려운 법입니다. 학교의 명예를 위해서라도 이 문제는 현명한 해결이 더 중요하다고 생각해 이런 결정을 했습니다. 넷째, 그녀들의 미래를 위해서입니다. 분명 그녀들은 말도 안 되는 실수를 했습니다. 하지만 현재 사회에서 벌어지는 마녀사냥은 도를 넘고 있다고 보입니다. 그녀들의 미래는 단순히 먹고사는 것이 아닌 미래를 준비하는 수많은 청년들에 대한 미래이기도 합니다. 한 번의 실수로 돌이킬 수 없는 마녀사냥을 당한다면 청년이 어찌 바른말을 하며 살 수 있겠습니까? 그렇기 때문에 저 스스로 먼저 용서와 화해의 손길을 내밀고자 합니다. 이상의 네 가지 이유로 손해배상의 금액은 1인당 100원입니다."

"헐?"

"이게 무슨……."

최소 한 사람당 3천만 원은 예상하고 있던 기자들은 벙한 얼굴이 되었다.

"이상으로 기자회견을 마치겠습니다. 그리고 국민들에게 부탁드리고자 하는 것은 세 사람에 대한 마녀사냥은 멈춰 주십사 하는 것입니다. 비록 그들이 한 번의 실수를 하기는 했지만 충분히 고통받았다고 생각합니다. 가족분들 역시 단순히 창피하다고 학교를 그만두게 하거나 떠나는 것이 아니라 이번 일을 반석으로 삼아서 그 세 사람이 자랑스러운 한국대생이자 한국인으로서 이름을 떨칠 수 있는 기회를 주시면 감사하겠습니다."

고개를 숙이고 단상에서 내려오는 박광석. 그리고 노형진은 무대 뒤에 숨어 있다가 오른손으로 엄지손가락을 척 세우면서 씩 웃었다.

⚖️

이것이 지성인.
대한민국의 지성은 살아 있다.

다음 날부터 언론에서 나오는 신문은 모두 호평일색이었다. 모든 사람들이 뭐 하나 건수를 잡으면 손해배상으로 단단히 한몫을 챙기기 위해서 혈안이 된 현 시대에 스스로의 잘못과 자리를 인식하고 명예를 위해서 뒤로 물러날 수 있으며 가해자에 대한 포용과 용서 그리고 갱생의 기회까지 준 박광석은 말 그대로 이 시대 지성의 상징 같은 존재가 된 것이다.

"으하하, 자네가 우리 학교를 살렸네! 잘했네! 잘했어!"

특히 총장과 법과대학 학장은 입꼬리가 귀에 걸렸다.

"별말씀을요."

"아니야! 자네가 없었으면 우리 학교가 얼마나 욕을 먹었겠나? 자네가 우리학교의 지성을 살린 거야, 으하하하."

안 그래도 요즘 들어 영혼 없이 공부만 잘하는 애들만을 뽑아낸다며 욕을 먹는 한국대학교다. 더군다나 이번 사태로 인해서 그 세 사람 때문에 학교 이미지가 심각한 타격을 입었다. 그런데 박광석 덕분에 그 이미지를 그대로 복구한 정도가 아니라 역시 한국대학교라는 말이 나오고 있었던 것이다.

"자네가 아니었다면 학교 이름에 먹칠, 아니 똥칠을 했을 거야."

"그렇게 말씀하시니 몸 둘 바를 모르겠습니다."

"내 자네가 뭘 하든 확실하게 밀어주지. 걱정하지 말고 진행하게."

총장에게 공치사를 받고 나오자 법학대학 학장은 웃으면서 다가와서 그를 양팔로 품에 앉았다.

"고맙네."

"별말씀을요."

"자네 덕분에 우리 학교가 이렇게 흥했으니 내 도와줄 수 있는 건 다 도와주겠네."

그 말에 그저 미소를 떠올리는 박광석이었다. 그렇게 그들의 치하를 받고 나오자 바깥에는 노형진이 앉아 있었다.

"어때요?"

"얼떨떨한데?"

"그래요?"

"그래."

단 한 번에 한국 최고의 지성이 되어 버린 박광석은 갑작스러운 유명세에 정신을 차릴 수가 없었다. 여기저기에서 인터뷰가 쇄도하고 주변에서는 자신을 떠받들어 준다. 지금까지 고깝게 보면서 말이 많던 곳들은 입을 다물었고 학과장뿐만 아니라 학교 출신의 판사나 검사, 심지어 대법관까지 학교의 명예를 드높였다면서 칭찬을 아끼지 않고 있으니 그의 미래는 말 그대로 순풍을 단 격이었다.

"이렇게 될 거라는 걸 안 거야?"

"네, 어차피 손해배상 소송을 해 봐야 1천만 원 정도 받으면 땡이겠지요. 그런데 그 돈 받아 봐야 그다지 도움이 되는 것도 아니고 말이죠. 가끔은 자신 스스로를 낮춤으로써 도리어 자신을 높일 수 있는 기회가 오죠. 지금이 딱 그때였어요."

"너 가끔은 무섭다. 어떻게 이런 걸 알았냐?"

그 말에 노형진은 그냥 히죽 웃었다.

"일단 이렇게 되었으니 형이 제대로 사법시험에 붙기만 한다면 아마 인생을 확 달라질 거예요."

"음…… 그거야 그렇겠지."

이것이 법이다

한국대 법대는 한국에서도 알아주는 명문대다. 한국 법조계에 여기저기에 자리를 잡고 있으며 서로 끌어 주고 밀어준다.

'푼돈보다는 이게 훨씬 나은 일이지, 후후후.'

돈은 얼마든지 벌 수 있지만 인맥은 섣불리 구할 수 있는 게 아니다. 사실 법조계에서 성공하려면, 특히 판검사 쪽에서 승진하려면 인맥은 엄청난 필수 요소이다. 그런데 박광석은 이번 사건으로 그걸 확실하게 챙겨 놨다. 선배들이 과연 이렇게 학교의 명예를 드높인 박광석을 나쁘게 보겠는가? 당연히 노른자위 직업이나 중요한 사건을 배정해 줄 테니 승진은 따 놓은 당상이 될 것이다.

"넌 가끔은 무섭다니까."

"그러니까 바람피울 생각 마요."

"네 누나가 무서워서라도 못 피울 거다. 하하하."

일단 박광석이 인생이 편해진다면 누나의 인생도 편해질 것은 당연한 일.

'지난번에 그 고생을 했으니 이번에는 좀 편하게 살라고, 누나.'

"그나저나 이 은혜를 어떻게 갚냐?"

"밥이나 사 줘요."

"고기?"

"아니요, 학식. 난 대학교 학식이라는 걸 별로 못 먹어 봤잖아요."

"그런가?"

"네."

"하긴."

노형진은 대학교 학식을 먹을 기회가 거의 없었다. 대학 자체를 다니지 않았으니까.

"그럼 같이 가자고."

두 사람은 웃으면서 학교 식당으로 향했다. 그런데 멀리 사람들이 우르르 몰려오는 것이 보였다.

"응, 저건?"

노형진은 그걸 보고 고개를 갸웃했다. 그렇게 많은 사람들이 움직일 이유가 없었기 때문이다. 그러나 얼마 지나지 않아서 왜 그들이 그렇게 몰려온 건지 알 수 있었다.

"음……."

선두에 선 세 사람. 그리그 그 뒤에 있는 기자들. 최소 변호사비 수천만 원에 합의 비용 수천만 원을 생각하던 세 명의 가족들은 박광석의 말에 바로 합의를 진행했고 박광석은 바로 소 취하서를 제출함으로써 모든 사건이 종결되었다.

하지만 아무리 박광석이 용서하라는 말을 했다고 하더라도 그녀들의 입장에서는 이 학교를 당분간은 나올 수 없는 노릇. 그래서 어쩔 수 없이 휴학계를 내기 위해서 학교에 찾아온 것인데 때마침 박광석과 마주친 것이다. 총장실이 있는 건물에 학생처가 있었기 때문이다.

"어……."

"……."

사건 이후 첫 번째 대면. 네 사람 사이에서 어색한 침묵이 흐르자 기자들은 눈에 불을 켜고 사진을 찍어 대기 시작했다.

'어쩐다……. 말이라도 해야 하나?'

공식적으로는 용서한 것으로 되어 있다. 그런데 여기서 모른 척하기도 그렇고 그렇다고 싸울 수는 없다. 노형진은 어드바이스해 주고 싶었지만 주변에 기자들이 너무 많았다. 어찌 되었건 이번 용서 퍼포먼스의 주체는 자신이 아니라 박광석이 되어야 하기 때문이다.

"저기……."

김요화는 어렵게 입을 열었다. 인생이 파멸되기 직전 박광석이 용서해 줘서 파멸까지는 가지 않았다. 하지만 그래도 어려운 건 어쩔 수 없는 일.

"자자."

박광석은 세 사람에게 다가가서 손을 내밀었다.

"다시 돌아온 걸 환영합니다."

"환영……."

"세 분 다 이 학교의 학생입니다. 학생회장으로서 여러분들을 환영하는 것은 당연한 일이지요."

"……."

"너무 부담을 느끼지 마십시오. 어차피 젊어서는 실수도 하는 게 우리 청년 아니겠습니까?"

"하지만…… 우리는 휴학을……."

"휴학하신다고 하더라도 우리 학교의 학생인 것은 변하지 않습니다. 언젠가는 다시 이곳으로 돌아오실 테니까요."

"회장님……."

지금까지 단 한 번도 그녀들의 입에서 나온 적이 없던 말. 지금까지 회장 새끼나 그 새끼와 같은 험한 말을 부르는 것이 보통이었지만 그들은 절로 박광석에게 님이라는 호칭을 붙일 수밖에 없었다.

"그럼 같이 식사하러 가실까요?"

"식사요?"

"휴학하신다면 당분간 못 드실 텐데 학식을 한 번은 먹어 둬야 하지 않겠습니까? 휴학 기간 동안 푹 쉬고 마음을 추스르고 오십시오. 우리 한국대학교는 언제나 여러분을 환영할 겁니다."

"흑흑흑."

결국 그 세 사람은 진정한 참회의 눈물을 흘릴 수밖에 없었다. 당연히 기자들은 그 장면을 연신 찍어 댔다.

'이거 참, 이번에는 내가 안 나서도 알아서 잘하네.'

노형진은 그런 장면을 흐뭇한 얼굴로 바라보았다.

애라고 무시하냐?

"도와주세요!"

"뭘?"

노형진은 출근하다 말고 자신의 앞을 가로막는 남학생을 보고 고개를 갸웃했다.

"석진아, 난데없이 뭘 도와 달라는 거야?"

소석진. 노형진과 같은 아파트에 사는 동네 주민의 아이로 몇 번 이야기해 봤던 사이다. 그런데 난데없이 도와 달라니?

"형, 변호사라면서요. 저 좀 도와주세요."

"아니, 다짜고짜 도와 달라고 하면 난 모르지. 무슨 일인데? 고소라도 당했어?"

"그건 아니에요."

"그럼?"

"수련회에 가기 싫어요."

"엥?"

난데없이 수련회라는 말에 노형진은 고개를 갸웃했다. 수련회라는 것은 학교에 다닐 때 학생들의 정서 발달을 위해서 가는 것을 말한다. 그런데 거기에 가기 싫다고 한다니?

"안 가면 되잖아?"

"안 가면 학교에서 결석 처리하고 내신 깎는다고 하잖아요. 그런데 전 솔직히 가기 싫어요."

"왜?"

"아니, 내 돈 주고 내가 왜 고생하러 가요?"

"추억이야, 그거. 그냥 갔다 와."

"싫다니까요. 가 봐야 좋은 꼴 못 보는데 왜 가요?"

"거참, 그럼 엄마한테 말해서 안 간다고 하든가."

"엄마는 내신 깎인다고 꼭 가래잖아요."

"그럼 가야지."

"아, 싫어요! 형, 한 번만 도와줘요!"

"야, 난 변호사야. 돈 받고 일하는 사람이라고."

"우우…… 자본주의 변호사."

"우리나라가 자본주의지, 사회주의냐? 쓸데없는 소리 하지 말고 가 봐. 그게 다 추억이다."

노형진은 그렇게 말하면서 그의 머리를 쓱쓱 문지르고는

출근했다. 그런데 어쩐 일인지 그날 하루 종일 그 일이 계속 머릿속을 맴돌았다.

"수련회라……."

수련회.

중학교나 고등학교 때 한 번씩 가는 행사.

학생의 육체를 단련하고 심신을 발달시키기 위한 야외 활동.

'그러고 보니…… 영 찜찜하단 말이지.'

한국에서 수련회라는 것은 오래된 전통 같은 것이고 초등학교, 중학교, 고등학교 때마다 가는 것이 수련회다. 그게 왜 찜찜한 것일까? 그건 간단했다.

'추억이라…….'

노형진은 소석진에게 추억이니 가라고 말은 했지만 자신의 수련회 기억을 더듬어 보면 좋은 추억이라고 말할 수 있는 게 없었던 것이다.

"확실히 좋은 기억은 아니네."

이번 생에서는 초등학교와 중학교 수련회에 가기는 했지만 고등학교 때 안 가서 까먹고 있었던 수련회의 기억. 그러나 실제로는 회귀 전에 갔던 기억도 있으니 수련회에 대해서는 잘 알고 있다. 문제는 아무리 그 기억을 더듬어도 절대 좋은 추억이라고 말할 수 없다는 것.

"흠……."

"노 변호사님."

그 순간 얼굴을 빼꼼히 내미는 이은영 변호사.

"바쁘세요?"

"아닙니다. 무슨 일이신데요?"

"사건 때문에 그러는데요."

"들어오세요."

이은영 변호사는 자신이 담당하고 있던 사건에 대해서 몇 가지 분석을 부탁했고 노형진은 어렵지 않게 그걸 해결해 줬다. 그런데 그걸 보고 있던 이은영 변호사는 고개를 갸웃했다.

"그런데 뭘 그렇게 생각하세요?"

"아니…… 그냥 뭐 좀 이상한 게 있어서요."

"어떤?"

"수련회요."

"수련회?"

중요한 법률적인 사건이나 심각한 문제가 있는 것 같은 얼굴인데 고작 수련회라니?

"회사 수련회라도 가시려구요?"

"그게 아니라 말입니다. 혹시 이은영 변호사는 수련회에 좋은 추억이라도 있나요?"

"네? 좋은 추억요?"

"네."

그 말에 이은영 변호사는 한참 생각을 하는 듯하더니 고개를 흔들었다.

"없네요."

"네?"

"없어요. 수련회에 가 봐야 솔직히 뻔하잖아요, 가서 욕먹고 구르고 고생하고."

"그렇지요?"

"네."

"다른 곳도 그럴까요?"

"그럴걸요? 그게 왜요?"

그 말에 노형진은 턱을 스윽 문지르더니 고개를 갸웃했다.

"근데 그걸 왜 가요?"

"네?"

"아니, 내 돈 주고 가는 건데 그걸 왜 가느냐는 거라는 거죠."

"그러니까…… 어…… 글쎄요?"

이은영은 그 말에 이상하다는 생각을 하기 시작했다. 솔직히 가 봐야 결국은 고생이다. 먹는 것은 부실하고 가 봐야 수련이라는 이유로 기합을 받거나 인간쓰레기라고 무시당한다. 제대로 된 콘텐츠도 없이 그저 괴롭힘의 연장일 뿐.

"음……."

"한국 사람이면 당연하게 가기는 하기는 한 건데."

문제는 한국 사람치고 안 가는 사람은 없는데 왜 그딴 식으로 가는지 알 수가 없다는 것이다.

"나만 그런 건 아니지?"

"그렇지요? 저도 그랬는데요?"

"그래? 흠……."

노형진은 조용히 생각에 잠겼다.

'어쩌면 단순한 투정일 수도 있지만.'

단순히 소석진이 고생하기 싫어서 그런 말을 했을 수도 있다.

하지만 생각해 보면 고작 중학생밖에 안 되는 아이가 수련 회라면 치를 떨면서 변호사에게 도움을 청한다는 것이 정상 은 아니다.

"무슨 일 있어요?"

"사실은 말입니다."

노형진은 아침에 있었던 일을 이야기했고 그 마음을 이해 하는 건지 이은영 변호사는 고개를 끄덕거렸다.

"저도 처음에는 무척이나 기대했는데 현실을 알고 나서는 무척이나 가기 싫었어요."

"그래요?"

"솔직히 수련회라는 곳이 좋은 건 아니잖아요. 수련회라 고 하면 생각나는 게 형편없는 밥에 청소도 제대로 되지 않 은 방에 벌레에 기합에 욕설에……."

"흠……."

"그 학생을 나무랄 건 아닌 것 같네요."

"단순히 나무랄 건 아니라는 정도가 아닌 것 같은데요?"

이것이 법이다

그 말에 이은영은 '설마.' 하는 얼굴이 되었다.

"설마…… 노 변호사님."

"잘못된 건 잘못된 거잖습니까?"

"아아아…… 못 말려요, 진짜."

이은영은 어쩔 수 없다는 듯 고개를 으쓱했다.

⚖️

"이거 참, 생각보다 문제가 많네."

노형진은 회사 사람들에게 물어봐서 수련회라는 곳에 대해서 이미지를 확인한 뒤 의외로 문제가 심각하다는 사실을 알아차렸다.

"연대책임에 폭행에 왕따 조장에 욕설에 인신공격에, 감금에 재물 절취에……."

"그러게 말입니다. 이걸 왜 했지?"

다들 그때는 무시하고 지나갔지만 이제 와서 생각해 보니 미친 짓도 이런 미친 짓이 없었다.

"타성이라는 게 이래서 무서운 겁니다."

누군가 시키는 대로 한다는 것. 그게 익숙해지게 되면 잘못된 것에 대해 의심하지 않는다. 그저 가르치는 대로 받아들이고 가르치는 대로 흡수한다. 그리고 점차 노예가 되어 간다.

"이 짓을 몇십 년이나 해 먹었으니. 쯧쯧."

무려 수십 년이나 계속된 수련회. 그건 결코 정상적인 일은 아니었다.

"그나저나 노 변호사, 설마 진짜로 할 생각이야?"

"왜요? 못할 건 없지 않습니까?"

"그거야 그렇지."

그동안 변호사들과 직원들이 겪었던 일을 정리해 보니 이건 말이 수련회지, 그냥 범죄 집단이나 감금한 후 고문하는 것에 가까웠다.

"하지만 부모들이 좋아할까?"

"그중 한 명만 제대로 호응해 줘도 우리는 손해 볼 건 없습니다. 더군다나 누군가는 나서서 이게 잘못되었다는 걸 말해 줘야 하지 않을까요?"

"음……."

송정한은 잠시 고민하다가 고개를 끄덕거렸다.

"확실히 노 변호사의 말이 맞아. 애들이라고 아무것도 모른다고 이런 일을 시키는 게 도리어 잘못된 거지. 생각해 보면 우리가 멍청한 거야. 우리는 이걸 다 당하고 산 세대잖아? 분명 우리가 당할 때는 '내 자식에게는 이런 짓 안 시켜야지.'라고 생각하면서 이를 바득바득 갈았을 텐데, 이제 어른이 되었다고 추억이랍시고 보내 왔다니……. 생각해 보면 추억 따위는 없는데 말이야."

"그렇지요."

연대책임이라는 이유로 누구 한 명이 실수하면 모든 학생들이 고문에 가까운 기합을 받고 그 학생은 학교에서 왕따당한다. 제대로 된 강사도 없고 있는 거라고는 욕설과 기합뿐.

"그나저나 어떻게 하지? 도와줄 방법이 없잖아?"

"일단은 구조 요청에 응답하는 것이 도리 아닐까요?"

"구조 요청?"

"네."

"하긴 이제 슬슬 봄이니까 여기저기서 수련회 하겠다고 생난리 치겠네."

봄이 되면 학교들은 수련회라는 이름으로 가서 시간을 때운다. 그리고 아이들은 고통받는다.

'그 대신에 교장의 주머니가 두둑해지겠지.'

조금만 생각하면 수련회가 그 꼴이 될 수밖에 없는 이유가 있다. 모조리 커미션으로 교장과 교감 등 학교 일파에게 들어가니 돈을 투자해서 정상적인 과정을 만들어 낼 수가 없는 것이다. 교장의 입장에서는 일주일 동안 놀아서 좋고 돈까지 두둑하게 챙기니 안 할 리 없는 노릇.

"일단은 제가 그 아이와 함께 이야기해 볼게요."

"그럴까?"

"네."

노형진은 이참에 잘못된 문화를 고쳐야겠다는 생각에 먼

저 나서서 움직이기로 했다.

⚖️

"갔어?"
"네."
전화기 너머에서 들리는 시무룩한 소리. 그럴 수밖에 없는
게 도착하는 순간 무슨 일이 벌어질지 뻔히 알고 있으니 기
분이 좋을 수가 없었으리라.
"그래? 이런."
실수였다. 언제 가는지 확인하지 않은 바람에 노형진이 소
석진에게 전화했을 때는 이미 출발한 후였고 심지어 거의 도
착해 가는 과정이라고 했다.
"언제 도착하는데?"
"한 30분 있다가 도착할 것 같아요."
"그래? 혹시 그 수련회 주소 알아?"
"정확한 주소는 몰라요. 선창수련원이라고 했어요."
"알았다. 그곳에서 보자."
"형, 진짜로 도와주시는 거예요?"
"그래."
"진짜 고마워요. 가기 싫었거든요."
"이해한다. 조금만 기다려."

노형진은 전화를 끊고는 바로 인터넷으로 선창수련원이라는 곳을 찾기 시작했다.

"벌써 갔대요?"

"그렇다네요. 날짜를 몰랐으니 뭐, 어쩔 수 없죠."

노형진이 찾은 선창수련원이라는 이름이 지도에 뜨자 옆에 있던 남자 직원 한 명이 힐끗 그걸 보더니 얼굴을 찌푸렸다.

"혹시 그 후배가 다니는 학교가 대강중 아닌가요?"

"아? 아세요?"

"알죠. 제가 대강중 나왔거든요."

"근데 어떻게 아셨어요?"

그 말에 남자 직원을 수련원을 가리켰다.

"대강중는 사립중학교인데 매년 여기 선창수련원으로 가요. 완전 지옥인데, 저기."

"지옥?"

"밥에서 벌레도 나오고 이불이라고 던져 주는 게 누더기에 보일러도 안 틀어 주고……. 아주 죽을 맛이에요. 이불에 피가 묻어 있다니까요."

"피?"

피라는 말에 어이없는 노형진. 설마 그 안에서 구타당하기라도 한단 말인가?

"구타한다는 뜻인가요?"

"그건 아닌데 소문에는 생리 혈이라는 소리도 있고."

"엥?"

"중학생만 오는 건 아니니까요."

"아!"

대한민국에서 수련회는 한 번 하는 게 아니다. 각 학교에서 최소한 한 번 이상 하고 자주 하는 곳은 1년에 한 번씩 꼬박꼬박하는 곳도 있다. 당연히 그중에는 여학생도 있을 것이다.

"더 무서운 건 다음 해에 같은 이불을 봤는데 같은 자리에 그대로 피가 묻어 있었다는 괴담도 있다는 거죠."

"설마."

"글쎄요…… 거기 하는 짓거리 봐서는 괴담이 아닐지도."

남자 직원이 어색하게 웃는 걸 보니 어째 정상적인 곳은 아닌 듯했다.

"그렇게 지옥입니까?"

"지옥이 아니라 평균이죠."

"하긴…… 평균이네."

두런두런 이야기하는 사람들. 노형진은 그걸 보면서 기가 막혔다.

'뭐? 수련회? 이딴 걸 왜 하는 거야?'

직원들에게 물어봐도 제대로 된 교육이 진행되지 않았으니 그에 대해 좋은 기억을 가지고 있는 사람은 아주 극소수뿐이었다.

"일단 이곳으로 가야겠군요."

"조심하세요. 그 새끼들, 완전 꼴통입니다."

그 말에 피식 웃는 노형진.

"제가 누굽니까? 꼴통이 전문입니다. 하하하."

그들이 뭐라고 하든 꼴통은 그저 꼴통일 뿐이었다.

⚖️

끼이익.

자동차가 소리를 내면서 멈추자 노형진은 차에서 내려 주차장 너머를 바라보았다. 함께 차에서 내린 정운찬은 멍하니 그곳을 보았다.

"너무 크게 손쓰지 마십시오."

"알겠습니다."

일단 이야기는 했지만 그는 이미 허리춤에서 접이식 봉을 꺼내서 휙 휘두르고 있었다.

'뭐…… 이래서 믿을 만하다고 해야 하나?'

정운찬은 노형진의 보호 부탁에 당연히 업무라면서 따라왔다. 문제는 그가 보호하는 방식이 좀 과격하다는 것이었지만.

'그나저나 거참…… 저 사람도.'

오는 길에 수련회에 대해서 이야기했는데 아니나 다를까, 정운찬도 수련회에 가기는 했다고 한다. 하지만 자신에게 욕설하면서 덤비는 교관에게 항의하자 교관이 그의 뺨을 때렸다는 것이다. 그러자 그는 교관을 두들겨 패는 걸로 보답해 줬다고 한다.

"일단은 주먹질은 최후의 순간에 씁시다."

"알겠습니다."

그러나 다른 접이식 봉을 꺼내서 허리춤에 꽂는 걸 보니 아무래도 사람을 잡을 작정인 듯했다.

'뭐, 말이 안 통하면 어쩔 수 없고.'

교관이라는 작자들은 무식한 인간들이 많다. 다른 걸로 먹고살 수 없으니 남을 괴롭히는 걸 직업으로 삼은 녀석들이니까. 물론 정상적인 교관도 많지만 이런 곳에서 일하는 녀석들이 정상적인 녀석이라고 보기에는 무리가 있을 듯했다.

"뭐, 이딴 곳이 다 있어?"

숙소라고 보이는 것은 컨테이너를 개조한 것이 뻔해 보이는 곳이고 주변에 보이는 것이라고는 체력 단련 시설뿐이지, 뭔가를 수련하는 데에 쓰일 만한 것은 아무것도 없었다.

"일단 가 봅시다."

"네, 변호사님."

정운찬을 데리고 주차장을 지나 안쪽으로 들어가자 군복에 빨간 모자를 쓰고 선글라스까지 쓴 교관들이 여기저기서 학생들을 괴롭히고 있었다.

"이 개새끼들아, 똑바로 안 해!"

"내가 본 가장 쓰레기 같은 새끼들이야! 너희 같은 쓰레기들의 근성을 내가 바로잡아 주마."

"제대로 못 굴러, 이 씨발 새끼들아!"

노형진은 그걸 보면서 얼굴을 찌푸렸다. 아이들이 입고 온 옷은 벌써 누더기가 되어 있었고 몇몇 여자아이들은 벌써부터 울고 있었다. 하지만 교관들은 막무가내였다.

"이런 쓰레기들 같으니라고 그렇게 근성이 없어서 어떻게 살래? 질질 짜는 거 봐라. 오늘 죽고 싶구나?"

"PT 300회 끝부분은 안 붙인다."

"마지막 번호 나왔다. PT 600회!"

노형진은 그 꼴을 보다가 고개를 흔들면서 그쪽으로 다가 갔다.

"당신들, 뭡니까?"

노형진이 다가오자 얼굴을 찌푸리는 교관. 보아하니 총대 장쯤 되어 보이는 남자였다.

"변호사입니다."

"변호사? 변호사가 여기에는 어쩐 일로?"

남자가 반문하는 순간 먼저 그를 발견한 사람이 있었다.

"형!"

"석진아!"

소석진은 노형진을 바라보고는 얼굴이 환해졌다. 그러고 는 바로 뛰어오려고 했다. 하지만 그는 그럴 수가 없었다.

"어쭈, 이 씹 쌔끼 봐라? 자리를 이탈해? 이 새끼들이 간

땡이가 부었네. 연대책임으로 PT 500회 실시!"

"아아악!"

터져 나오는 학생들의 비명 소리. 노형진은 그걸 보고 혀를 끌끌 찼다.

"정운찬 씨."

"네."

정운찬은 들고 온 휴대용 확성기를 건넸고 노형진은 그걸 입에 대고 사람들을 향해서 외쳤다.

"당장 불법적인 고문과 가혹 행위를 멈추지 않으면 경찰을 부르겠습니다."

그 말에 모두의 시선이 노형진에게 쏠렸다. 당연히 계속 괴롭히던 교관들의 시선도 그에게 향했다.

"뭐야! 당신이 누군데 이딴 짓이야! 지금 뭐하는 짓거리냐고!"

다짜고짜 노형진을 밀치면서 화를 내는 총대장.

"아까도 말했다시피 변호사입니다. 그리고 뭐하는 짓이냐고 물어본다면 현재 진행형으로 이루어지고 있는 가혹 행위를 멈추려 하고 있습니다."

"가혹 행위? 이 새끼가 미쳤나?"

단상에서 내려와서는 몽둥이를 들고 다가오는 남자. 하지만 뒤에 서 있던 정운찬이 앞으로 나서면 양손을 접이식 호신 봉을 펼치자 주춤주춤 물러날 수밖에 없었다.

파파팍!

쇠로 된 그 호신 봉의 소리가 위협적인 탓도 있었지만 고작해야 아무것도 모르는 학생들을 대상으로 군림해 온 그가 소시오패스인 정운찬의 살기를 버틸 수 있을 리 없다는 점도 한몫했다.

"아, 지금 이거 찍고 있으니까 섣불리 손대지 마세요."

"크으……."

"형!"

갑자기 주변이 조용해지자 후다닥 달려온 소석진. 그사이에 소석진의 몸에는 상처가 났고 옷은 누더기가 되어 있었다.

"쯧쯧…… 이게 어딜 봐서 수련회야?"

노형진은 혀를 끌끌 차더니 휴지로 얼굴을 닦아 줬다.

"너 어쩔 거야?"

"뭘요?"

"그만하고 싶어?"

"누구 마음대로 그만한다는 거야!"

버럭 화내는 총대장.

"당신한테 물어본 거 아니거든요? 당신은 이따가 제대로 처리합시다. 아무튼 너랑 다른 애들은 어때?"

"어…… 저 말고도요?"

소석진은 고개를 돌려서 아직도 운동장에서 기합을 받는 포즈로 얼어붙어 있는 친구들을 바라보았다.

"너뿐만 아니라 너희 친구들도 모두 그만두고 싶으면 그만

둘 수 있어."

"진짜요?"

"그래."

"그럼 전 그만둘래요. 친구들에게도 이야기해 주세요."

그 말에 노형진은 확성기를 들어서 학생들에게 말했다.

"여기서 벌어지는 모든 행위는 불법입니다. 만일 학생이 이러한 가혹 행위를 그만 겪고 싶다면 그 자리에서 이탈해서 이곳으로 오시기 바랍니다!"

그 말에 쭈뼛쭈뼛 눈치를 보는 학생들. 소석진은 그런 그들을 보다가 확성기를 노형진에게 받아서 직접 외쳤다.

"이분, 유명한 변호사야! 이분이 불법이라고 하면 불법이 맞다고! 더 있고 싶으면 더 있어! 난 갈 거야!"

그 말에 학생들 중 한두 명이 대열에서 빠져나오기 시작하더니 순식간에 수많은 학생들이 우르르 빠져나와 채 5분도 지나지 않아서 운동장은 텅 비어 버렸다.

"너…… 너 이 새끼! 무슨 짓이야! 이거 업무방해야! 알아? 아느냐고, 이 씹 째끼야!"

총대장이라는 인간은 버럭 화내면서 핸드폰을 들었다.

"이거 당장 경찰 부를 거야! 변호사? 변호사 좋아하네. 개새끼, 너 콩밥 한번 먹어 보자."

그 말에 노형진은 피식 웃었다.

'주먹은 안 된다고 생각하는 모양이네.'

하긴 다른 사람도 아니고 정운찬이 뒤에서 눈을 부라리고 있는데 주먹으로 덤비려고 하는 놈은 없을 것이다.

"부르세요."

"뭐?"

"어차피 우리도 불러야 하니까, 정운찬 팀장."

"알겠습니다."

정운찬은 바로 전화기를 들고 경찰을 부르기 시작했다. 그러자 경찰을 부른다고 엄포를 놓던 총대장은 움찔했다. 그저 엄포한 것뿐이었는데 상대방은 주저하지 않고 경찰을 부른 것이다.

"적반하장이네, 이거."

어떤 교관의 말에 노형진은 그를 바라보았다. 딱 보아도 이제 갓 스무 살 넘어 보이는 어려 보이는 녀석이었다.

노형진은 혀를 끌끌 찼다.

"적반하장? 그 뜻이나 알고 쓰는 겁니까?"

"그럼 이게 적반하장이지 뭐야. 남의 직장에 와서 깽판을 치는 게 적반하장이지."

노형진은 그를 물끄러미 바라보다가 피식 웃었다.

"당신, 미필이죠?"

"뭐?"

"당신, 미필이잖아요. 안 그래요?"

"그래서?"

'미필 주제에 군대식 교육을 시켜? 기가 차서 말도 안 나오는구만.'

군대에서 제대로 교육받은 사람은 그대로 그나마 나은 편이다. 조교 교육과정이 따로 있으니까 하지만 딱 봐도 군대도 안 갔다 온 애송이다.

"내가 당신 군대 면제시켜 줄게요."

"뭐?"

순간 그게 뭔 뜻인지 이해하지 못한 남자는 고개를 갸웃했지만 그 뒤에서 들려온 정운찬의 설명에 곧 얼굴이 새파랗게 질렸다.

"전과를 달면 군대는 안 간다지, 아마?"

"헉!"

그의 얼굴이 새파랗게 질리거나 말거나 노형진은 바로 전화기를 들었다.

"김성식 부장님, 네, 접니다. 부탁드릴 게 있어서요. 네, 청탁요? 에이, 제가 그런 사람입니까? 아닙니다. 여기 집단 감금 및 폭행. 가혹 행위가 벌어지는 곳에 있는데 저랑 제 부하 직원 두 명뿐이라서 도무지 어떻게 해결을 못하겠네요. 피해자가 한 이백쉰 명쯤 되고요. 가해자는 한 서른 명쯤 됩니다. 네, 경찰 중대 좀 보내 주세요. 네, 빨리요. 여기가 어디냐 하면⋯⋯."

노형진이 전화를 끊자 총대장은 사색이 되었다.

"바…… 방금 누구한테 전화 건 겁니까?"

"대검찰청 중수부장요."

"허억!"

"제가 말했지요? 당신은 이따가 제대로 한번 해 보자고?"

얼마 뒤, 경찰 기동대의 버스가 들어오고 경찰차들이 우르르 몰려오자 상황이 이상하다는 것을 알아챈 선생들이 숙소에서 우르르 나왔다. 아니, 정확하게 표현하자면 기어 나왔다고 표현하는 게 맞으리라.

'잘하는 짓거리다.'

경험해 봤기 때문에 예상은 했다.

아니나 다를까, 선생이라는 인간들은 대낮부터 술에 불콰하게 취한 채로 비틀거리고 있었다.

"이봐, 당신 누구야? 누군데 학교 행사를 방해하는 거야?"

교장이 잔뜩 취해서 따져 묻자 노형진은 그를 보면서 한숨이 푹 나왔다.

"술에 취해서 말이 통할 것 같지는 않네요. 경찰분들, 저 선생들을 업무상 배임 혐의로 고소하겠습니다."

"알겠습니다."

중수부장에게 미리 이야기를 들은 경찰은 바로 주저하지

않고 수갑을 꺼내 들었다.

"동행하시겠습니까? 아니면 채울까요?"

그리고 그걸 본 교장을 비롯한 선생들의 얼굴이 새파랗게 질렸다.

"뭐…… 뭐라고? 우…… 우리가 왜?"

"첫째! 공식 행사에서 학생들의 안전을 책임져야 하는 사람으로서 업무를 방임했고 둘째, 업무 시간에 술에 취해서 추태를 부리고 셋째, 학생들의 안전에 대해서 부모들이 위임했음에도 불구하고 그 안전에 대한 책임을 타인에게 떠넘긴 죄입니다."

"이…… 이건…… 공식 행사야! 학생들 부모한테 동의받은 거라고!"

교장은 애써 변명했지만 노형진은 그 점은 알고 있었다.

'그렇지. 문제는 그게 명목상의 동의라는 거지.'

안 가면 성적을 깎는다는 식으로 협박해서 동의받은 거다. 어쩔 수 없다. 절반은 자신들이 먹을 돈이니까. 그리고 동의서에는 학생의 안전을 선생에게 맡긴다는 동의를 한 것뿐이지, 범죄자에게 맡긴다는 동의는 하지 않았다.

"이보시오. 이건 범죄가 아닙니다. 이건 단순히 학교 행사이고……."

그 순간 툭 튀어나오는 반 대머리의 남자. 노형진은 그를 보고 그가 주범이라는 것을 알 수 있었다. 묘하게 교장과 닮

이것이 법이다

았다는 느낌이 들었기 때문이다.

'쯧쯧…… 잘하는 짓이다.'

몇 년째 이곳으로만 온다 했더니 친인척인 모양이다.

"불법이 아니다라……. 일단 그럼 강사들의 자격증을 봅시다."

"네?"

사장은 노형진의 말에 움찔했다.

"강사들의 자격증 보자고요. 청소년 수련회 지도사 자격증이 있을 거 아닙니까?"

"그…… 그게…….."

원래 이런 곳은 청소년 수련회 지도사라는 자격증을 가진 사람이 강사를 해야 한다. 하지만 그들은 비싸기 때문에 대부분 군대를 갔다 온 사람이나 체대 출신의 미래가 암울한 사람을 알바로 고용해서 쓰고는 한다. 제대로 된 지도사가 있다면 이런 터무니없는 일이 벌어질 리 없다.

"그…… 그게…….."

있을 리 없으니 말을 못하는 사장.

"없어요? 좋아요. 그럼 그건 넘어가고 학생들의 동의는 받았습니까?"

"네?"

"학생들의 동의는 받았느냐고요."

"부모한테서…….."

"부모한테 이곳에서 욕설과 가혹 행위 그리고 왕따 조장이 이루어진다는 사실은 고지했습니까?"

"그런 건 없습니다만?"

"그래요? 내가 본 건 너무 넘치던데?"

"……."

"그리고 학생들에게 이탈권이 있다는 건 고지했습니까?"

"이탈권이라니요?"

"현행법상 이동하거나 어떤 현장에서 벗어나려고 하는 사람을 법적인 권한이나 영장 없이 그곳에 가두어 두면 감금죄가 성립하는 거 모르세요? 야, 석진아, 네가 여기서 벗어나려고 할 때 어떻게 했냐?"

"보셨잖아요."

소석진이 자리를 벗어났다는 이유로 동료들에게 연대책임을 물어서 가혹 행위를 했다.

"아, 맞다. 그건 인질극이네."

"뭐라고요!"

"사람을 붙잡고 죽인다고 하는 것만 인질극이 아닙니다. 사람을 붙잡고 상해나 기타 불이익을 주겠다고 하는 것도 인질극이지요. 뭐, 보통은 죽인다고 하는 게 보통이기는 한데, 상해의 의사 표현도 충분히 인질극에 들어갑니다. 죄목 하나 더하셨네."

그 말에 사장의 얼굴이 점점 파리해지기 시작했고 노형진은 그의 어깨를 탁탁 두들겼다.

"이참에 당신도 인생 수련회 한번 시켜 드릴게. 참고로 난 변호사라는 자격증 있으니까 기대해도 될 겁니다."

그렇게 그의 미래에 암울함이 서리기 시작했다.

다음 생에나 보지, 뭐

"얼굴 봐라."

노형진은 혀를 끌끌 차면서 법원에 나오는 사람들의 얼굴을 바라보았다. 그들은 얼마 전 사건으로 인해서 단체로 고발된 인간들이었다.

"많기도 해라."

노형진은 학생들의 동의를 얻어서 민사소송을 진행하기로 했다. 물론 일부 학생들은 부모가 동의해 주지 않아서 어쩔수 없이 포기하기는 했지만 대부분의 학생들, 특히 여학생들의 부모들은 이번에 벌어진 사건으로 인해 충격받았는지 동의해 줬다.

"이봐, 노형진 변호사."

노형진이 막 재판을 준비하는 그때였다. 누군가 자신을 부르는 소리에 노형진은 고개를 돌렸다. 그곳에는 생각지도 못한 사람이 있었다.

"얼레? 형이 어쩐 일이에요?"

잘생긴 외모에 깨끗한 정장. 그리고 손에 들린 명품 가방과 손목에 찬 롤렉스 시계.

'저 인간은 또 왜 온 거야?'

노형진은 자신의 앞에 있는 사람이 그다지 반갑지 않았다.

"이거 형님을 만났으면 인사라도 해야지."

싱글싱글 웃으면서 노형진을 비릿한 시선을 내려다보는 남자. 키가 무려 188이나 되니 당연히 내려다볼 수밖에 없었다.

"반갑기는 하죠."

노형진은 성의 없이 대답했다. 그럴 수밖에 없는 게 그와는 그다지 친해지고 싶은 생각이 없었기 때문이다.

'별로 반갑지 않은 녀석인데'

이도현. 사법연수원 시절, 노형진을 지독하게도 싫어하던 사람이었다. 그는 뼛속까지 성공한 사람의 전형 같은 사람이었다. 미래의 표현을 빌린다면 금수저, 아니 다이아몬드 수저라고 할 만한 스펙을 가지고 태어난 사람이었다.

'아, 진짜 반갑지 않은 녀석인데.'

커다란 은행의 지부장인 아버지와 미술 재단의 이사장인 어머니를 둔 그는 전형적인 다이아몬드 수저를 타고났다. 그리고 그게 너무 당연하다고 생각하는 타입이었다. 뭐, 가진 사람이 그걸 당연하다고 생각하는 건 문제가 안 된다. 그러나 문제는 그가 동수저 출신인 주제에 언제나 자신을 제치고 1등을 하는 노형진을 마음에 들어 하지 않았다는 것이다.

"그런데 어쩐 일이세요?"

"어쩐 일이긴, 우리 잘나가는 후배님 보러 왔지."

"엄밀하게 말하면 동기입니다만?"

"그래도 후배잖아? 내 말이 틀려?"

"틀리죠."

법정에 서면 당연히 후배고 동기고 의미가 없다. 둘 중 한 명이 승리해야 하며 서로가 서로의 의뢰인을 위해서 싸워야 한다.

"끝까지 잘난 척은."

히죽거리면서 다가오는 이도현.

"네가 요즘 잘나간다고 아주 세상 무서운 줄 모르는 모양인데 그러는 거 아니다."

"내가 뭐라고 했습니까?"

"요즘 선배들을 제대로 엿 먹이고 있다면서?"

"제가 엿을 먹인 게 아니라 결국은 의뢰를 받았으면 그걸 행해야지요."

"하여간 잘난 척은."

잘난 척이 아니라 현실이 그렇지 않은가? 사법연수원은

현재 모든 법조계 종사자가 거쳐 가는 곳이다. 그곳을 먼저 나왔다면서 선배 대접을 받으려고 한다면 아예 법의 정의 따위는 이룩할 수 없는 것이 된다. 후배가 감히 선배를 이기려고 덤빌 수가 없다는데 무슨 정의가 선단 말인가?

"이번에는 물러나는 게 좋을 텐데?"

"네?"

"물러나는 게 좋을 거라고. 알아들어?"

"아아아."

노형진은 왠지 상황이 이해가 가기 시작했다. 현 상황에서 이 녀석이 나타난 것이 우연이 아니다 싶었는데 아니나 다를까, 이 녀석이 상대방 변호사였던 모양이다.

"그래서 하고 싶은 말이 뭡니까"

"거지는 거지답게 아래서 굴란 말이야. 알았어?"

"거지?"

"그래, 이 거지 새끼야."

그 말에 노형진은 얼굴을 찌푸렸다.

"우리 집, 그렇게 가난하지 않습니다만?"

"그래 봤자 거지 새끼지. 거지가 어디 가겠어?"

'그래, 원래 이런 녀석이었지.'

애초에 이 녀석은 노형진처럼 정의를 지킨다거나 사람들을 구하고 싶다는 생각에 사법연수원에 온 게 아니었다. 장차 정치 쪽으로 나가기 위해서는 법 쪽에 인맥이 있어야 한다고 생각해서였다.

'사법연수원에 다닐 때도 이런 식으로 공공연하게 세력을 만들고 그랬지.'

단순히 친해진다거나 끼리끼리 뭉친다는 개념이 아니라 진짜로 하나의 세력을 만들어서 정치계에 진출하려고 했던 녀석이었다.

'그런 녀석이니 이런 사건을 담당해도 이상할 건 없지.'

지금 이 사건에는 생각보다 많은 이권이 걸려 있다. 그 덕분에 이런 녀석이 담당하게 된 것이리라.

"마음대로 하세요."

"뭐라고?"

"날 거지라고 부르든 흙수저라고 부르든 마음대로 하시라고요."

"흙수저?"

'아, 아직은 이런 표현을 모르겠구나.'

"어찌 되었든 난 물러날 생각이 없다는 뜻입니다."

"이 새끼가 정말."

먼저 도발했으면서 노형진이 물러날 생각이 없다고 하자 도리어 더 발끈하는 이도현.

"우리 연수원에서 수업받을 때 교수님이 뭐라고 하셨나요? 법원은 세 치 혀의 전쟁터라고 하셨잖습니까? 그걸로 싸우면 되지, 뭘 어쩌라고요?"

"너 지금 죽고 싶어서 환장했지?"

"협박입니까"

노형진의 말에 아차 싶은 그였다.

'네놈이 지금까지 이겨 온 방식으로 날 이길 수 있을 거라 생각하냐? 웃기네.'

노형진도 이도현에 대한 소문은 들었다. 이기기 힘든 싸움이 될 것 같으면 가장 먼저 하는 것이 바로 아버지의 인맥을 동원해서 자금력으로 압력을 행사하는 것이었다. 아무리 변호사라고 하지만 이제 막 개원한 사람들은 돈이 없고 사무실을 얻기 위해서 결국은 대출받아야 하기 때문이다. 만일 상대방이 그럴 필요가 없는 금수저이거나 대형 로펌 소속이면 여러 가지 이권을 준다고 꼬셔서 물러나게 만든다. 즉, 힘든 싸움을 제대로 해 본 적이 없는 인간이었다.

"변호사는 변호사로서 자신의 세 치 혀 만 믿으면 되는 겁니다."

노형진이 따끔하게 한마디를 하고 안으로 들어가자 그는 노형진이 들어간 입구를 바라보면서 이빨을 빠드득 갈았다.

"저 개새끼……."

⚖

"이번 사건에서 피고들은 자신의 이권을 위해서 아동들을 학대한 것입니다."

노형진의 공격은 강력했다. 워낙 증거가 넘쳤고 피해자가 많았기 때문이다. 그러나 이도현 역시 그냥 놀고 있는 것은 아니었다.

"재판장님, 이번 사건은 학대와는 전혀 상관이 없습니다. 증거 을제 4호를 보시면 모든 부모님들이 이번 수련회에 대해서 알고 있었으며 그것에 대해 동의서를 제출했다는 걸 알 수 있습니다."

"하지만 그것이 학대에 대한 동의는 아닙니다. 수련회란 말 그대로 정신과 육체를 수련하고 나아가 성품을 발전시키는 것이 목적입니다. 그러나 이번 수련회의 목적은 전혀 다릅니다. 갑제 4호증을 봐 주시기 바랍니다. 이 수련회의 시간표를 보시면 나흘간의 스케줄이 실질적으로 첫날부터 마지막 날까지 육체적 고통을 주는 과정으로만 이루어져 있습니다."

"재판장님, 밤에 이루어지는 야간 담력 훈련이 육체적인 가혹 행위라는 말은 인정할 수 없습니다."

바로 반박하는 이도현. 하지만 노형진은 그 부분에 대해서 이미 알고 있었다. 사실 정상적인 담력 훈련이라면 문제가 되지 않았을 것이다. 하지만 이 담력 훈련이라는 것이 정상적인 과정이 아니라는 것이 문제였다.

"그렇습니다. 담력 훈련이 정상적인 과적이라면 문제가

안 되겠지요. 하지만 정상적인 과정이 아니라면?"

"정상적인 과정이 아니다?"

고개를 갸웃하는 판사.

보통 담력 훈련이라고 하면 조를 이뤄서 어디 폐가나 숲에 갔다 오는 정도다. 딱히 정상적이지 않을 구석이 없었던 것이다.

"갑제 5호증을 봐 주시기 바랍니다. 한 주 먼저 담력 훈련을 갔다 온 학생의 증언입니다. 또한 몇 년간 해당 수련회장을 이용한 사람들의 증언입니다 그들의 말에 따르면 담력 훈련은 언제나 같은 방식으로 이루어졌다고 합니다."

"그래서요?"

"담력 훈련 과정은 수련장 뒤에 있는 산에 올라가서 산에 버려진 별장에서 갔다 오는 것입니다. 그런데 그 산은 경사가 무려 40도입니다. 주간에도 올라가기 힘든 곳을 야간에 단 두 명이서 플래시 하나에 의지해서 올라가야 합니다."

"흠, 확실히 안전에는 문제가 있겠군요."

그 말에 이도현은 재빨리 말을 막았다.

"기본적으로 담력 훈련은 위험을 감수하는 것이 보통입니다. 담력이 뭡니까? 용기입니다. 용기를 키우기 위해서 나서는 것입니다. 그런데 위험하다고 도망치는 것이 어떻게 용기가 될 수 있습니까?"

'용기 같은 소리하고 자빠졌네.'

이것이 법이다

사실 담력 훈련을 하는 데에 있어서 용기를 키우기 위해서 하는 것은 맞다. 하지만 이들이 담력 훈련을 하는 목적은 완전히 달랐다.

　"애초에 담력 훈련은 말 그대로 담력을 키우기 위해서 하는 겁니다. 그런데 담력 훈련을 위해서 기다리는 동안 왜 애들이 기합을 받아야 하는 겁니까?"

　"그거야 긴장감을 풀어 주기 위해서……."

　"하루 종일 극기라는 이름으로 가혹 행위를 당하고 그걸로도 부족해서 밤에 또 가혹 행위를 하는 것이 수련인가 보죠?"

　"그건 긴장감을 풀어 주기 위해서 하는 것입니다."

　"긴장감을 풀어 주기 위해서 가혹 행위를 한다?"

　"가혹 행위가 아닙니다. 운동입니다. 산을 타야 하는 입장에서 근육이 뭉쳐 있으면 사고가 나기 때문입니다."

　"하루 종일 운동을 했는데요?"

　"운동은 많이 할수록 좋은 겁니다."

　그 말에 노형진은 코웃음이 나왔다.

　"그 부분은 나중에 반박하도록 하겠습니다. 문제는 이 정상적이지 않은 훈련이라는 것이 단순히 가혹 행위를 반복하거나 위험한 곳을 보냈다는 점이 아닙니다."

　"그럼 뭐가 문제란 말입니까?"

　"이 산, 누구 겁니까?"

　"네?"

생각지도 못한 노형진의 질문에 멍한 표정이 되는 이도현. 그리고 피고 측 역시 멍한 얼굴이 되었다. 하긴 산의 주인이 누구인지 알아볼 생각도 없었으니까.

"여기 지적도를 보겠습니다. 해당 산의 주소지는 인천에 사시는 김○○ 씨로 되어 있습니다. 그런데 이분에 대해서 아십니까?"

"그거야……."

알 리 없다. 본 적도 없는 사람이다. 아니, 그런 사람이 존재한다는 것도 처음 들었다.

"그리고 해당 주택의 소유자는 아십니까?"

"주택?"

"증언에 따르면 야간 훈련에 참석한 사람은 해당 버려진 별장에 들어가서 그곳에 대기하고 있던 교관에게 도장을 받아 오도록 되어 있습니다. 맞습니까?"

"그거야…… 그런데."

"그럼 그 주택의 주인은 누구입니까?"

"……."

버려졌다고 해도 산속에 있는 별장에 주인이 없을 리 없다. 누군가는 그곳에 집을 지었으니 그곳에 집이 있는 것일 테니까.

"그 역시 확인해 봤습니다. 그 집은 광주에 사시는 박○○이라는 분의 소유로 되어 있습니다. 그런데 피고 측은 양측에 대해서 알지도 못했고 또한 사용 허가 역시 받지 않았습니다. 이는 명백하게 사유지 침입에 해당됩니다. 안 그렇습니까, 피고 측 변호인?"

"큭."

이도현은 아차 하는 얼굴이 되었다. 설마 사유지 침입이라는 생각지도 못한 카드가 나올 거라고는 생각지 못했던 것이다.

'이런 게 어디 한두 번이냐?'

대한민국 땅은 결국 다 누군가의 땅이다. 그걸 이용하기 위해서는 당연히 허가를 받거나 빌려야 한다. 하지만 이런 수련회를 하는 곳들은 대부분 주먹구구로 운영한다. 더군다나 이 수련장은 딱 봐도 이 시즌에만 잠깐 운영하는 곳이다. 즉, 딱히 사용하기 위해서 허가받을 리 없다는 것이다.

"그 덕분에 피고 측은 학생들을 졸지에 사유지 침입의 범죄자로 만들었습니다. 이게 정상적인 훈련이라고 볼 수 있겠습니까? 이상입니다."

노형진이 공격하고 물러나자 이도현은 이를 빠드득 갈았다.

'이 새끼가 진짜.'

사실 사법연수원에 다닐 때 압도적인 1등이다 보니 그도 노형진을 세력에 넣으려고 한 적도 있었다. 그가 성공할 거라 믿은 게 아니라 이용해 먹기 좋다고 생각했기 때문이다. 하나 그런 그의 생각을 읽은 노형진은 가입을 거절했다. 그래서 이도현이 지금까지 노형진에게 악감정을 가지고 있는 것이다.

"재판장님, 그 부분에 대해서는 다음 변론 기일까지 준비하도록 하겠습니다. 하지만 가혹 행위에 대해서는 인정할 수 없습니다. 이번 수련회에서 모든 학생들은 모두 동의서를 받아 왔습니다. 즉, 법정대리인인 부모의 동의를 얻은 것입니다. 수련회라는 것은 수십 년 전부터 대대로 내려온 전통이었고 부모들 역시 수련회에 다녀왔으며 그 수련회라는 것이 알고 있었습니다. 그게 어떤 식으로 이루어지는 것인지 그리고 어떤 과정을 거치는지 말입니다. 그런데 이제 와서 손해배상을 청구하는 것은 인정받을 수 없는 행위라고 생각합니다."

이도현이 정곡을 제대로 찔렀다.

'그래, 이게 문제지.'

어찌 되었건 저들은 수련회에 관하여 법정대리인인 부모에게 정식으로 승인받았다. 그리고 그들의 부모 세대 역시 수련회에 갔던 세대이기 때문에 수련회에서 어떤 일이 벌어지는지 모르지는 않는다는 것이다. 즉, 알고서 보낸 이상 손해배상을 신청하는 데에 있어서 가장 큰 문제가 될 수밖에 없었다.

"더군다나 이번 수련회는 한두 해 다닌 것도 아닙니다. 무려 수년간 해당 수련장을 사용하였으니 그 수련장에 대해서도 부모들이 정보를 얻을 수 있는 기회는 많았다고 보입니다. 그리고 아까도 말씀드렸다시 운동은 하면 할수록 좋은 것입니다. 자라나는 청년들이 운동을 하기 싫어해서 문제인데 약간은 강제적으로 운동을 시키는 것이 무조건 나쁜 것은 아닙니다."

이도현의 논리는 간단했다. 부모가 알면서 승인한 것이니 손해배상의 이유가 없다는 것이다.

'그런 식이면 세상이 발전할 리 없지.'

물론 맞는 말이기는 하다. 법적으로 보면 그렇게 볼 수도 있다. 하지만 아무리 승인했다고 해도 한계란 있는 법이다.

"재판장님, 피고 측의 주장을 부정하기 위해서 증인을 신청합니다."

"인정합니다."

노형진의 말에 맨 뒤에 있던 한 남자가 단상에서 선서하고는 증인석에 앉아서 심호흡했다.

"자기소개를 해 주십시오."

"서울병원에서 외과의를 하고 있는 강석무라고 합니다."

"의사?"

"웬 의사?"

난데없이 의사가 등장하자 고개를 갸웃하는 사람들. 이번 사건은 손해배상이지, 상해 사건이이나 질병이 아니기 때문이다.

"의사라면 운동에 대해서 잘 알고 계시겠군요."

"잘 알고 있습니다."

"그럼 운동의 한계에 대해서 잘 알고 계십니까?"

"그렇습니다."

그 말에 노형진은 고개를 끄덕거리면서 피고들을 바라보았다.

"그럼 의사로서 피고들이 짠 운동 시간에 대해서 어떻게 생각하십니까?"

그 말에 시간표를 바라보던 의사는 천천히 입을 열었다.

"단순히 시간표만을 보고 판단할 수는 없습니다."

"그럼 그 당시 장면 중 일부를 보여 드리겠습니다."

노형진은 노트북으로 그 당시에 찍은 장면을 보여 줬다. 강석무는 한참 보더니 얼굴을 찡그렸다.

"어떻게 생각하십니까?"

"이 나이대의 일반적인 운동량을 훨씬 넘어가는군요."

"그게 좋은 건가요?"

"좋지 않습니다."

"좋지 않다라. 피고 측은 운동이라는 것은 하면 할수록 좋다고 하는데요?"

슬쩍 이도현을 바라보면서 묻는 노형진. 그리고 그 시선을 본 이도현은 인상을 찡그렸다.

"모르는 사람이나 그렇지요. 근육이라는 것이 강화되기는 하지만 결국 인간의 부위입니다. 혹사가 심해지면 문제가 생깁니다."

"근육통 정도는 운동을 하다 보면 생길 수 있는 거 아닙니까?"

이도현이 재빨리 말을 잘랐다. 노형진은 그런 이도현을 바라보면서 다시 말을 끊었다.

"제 질문, 아직 안 끝났습니다, 피고 측 변호인."

"저 새끼가……."

노형진의 행동에 화가 나는 이도현이었지만 그게 사실인지라 어쩔 수 없이 자리에 앉았다.

"근육통을 말씀하시는 건가요?"

"일반적인 경우라면 그렇지요. 하지만 이 경우는 근육통이 아니라 근육 파열, 또는 근육 용해가 일어날 가능성이 높습니다."

"좀 쉽게 설명해 주시겠습니까?"

"근육은 훈련시켜서 강화할 수 있습니다. 반대로 말하면 제대로 훈련되지 않은 근육은 약하다는 뜻입니다. 일반적으로 사람들이 생각하는 운동하면 좋다는 것은 정기적으로 일반적인 수치 내에서 운동하는 것을 뜻하는 거지, 이 정도 강도로 이 정도의 시간을 하는 것이 아닙니다."

"그래서요?"

"그런 경우 강화되지 않은 근육이 파열되면서 극심한 통증을 유발합니다."

"그럼 근육 용해란 뭔가요?"

사실 근육 파열도 큰 문제이기는 하다. 그렇게 파열된 근육이 제대로 치료되기 위해서는 무척이나 시간이 오래 걸리기 때문이다. 하지만 노형진이 노리는 것은 근육 파열이 아니라 근육 용해였다. 어찌 되었건 그건 치료되니까.

"정식 명칭은 횡문근 용해증이라고 합니다. 말 그대로 갑작스러운 운동이나 가혹 행위, 기합 등으로 인해 근육이 녹아내리면서 해당 물질이 피 안으로 들어가는 증상입니다."

"그렇게 녹아내린 근육은 재생되지 않나요?"

"재생됩니다."

"그럼 문제가 안 되지 않나요?"

"일반적으로는 그렇습니다. 전문적인 운동선수나 군인 등은 그 한계를 알고 있으니까요. 하지만 이런 식의 운동은 전문적인 것도 아니고 고문에 가까운, 아니 고문 그 자체인 가혹 행위이기 때문에 그 한계가 드러나도 멈추지 않습니다. 더군다나 이 동영상에서 보이는 훈련 방식은 군대에서 보이는 훈련 방식, 그것도 소위 유격이라고 불리는 극단적 훈련 방식입니다. 아직 육체가 완성되지 않은 아이들에게는 부담이 가는 방식입니다."

노형진은 그 말을 듣고는 뒤쪽을 바라보았다. 수많은 사람들이 노형진과 증인을 바라보고 있었다.

"그럼 근육 용해가 왜 문제가 되는지 말씀해 주십시오."

"근육 용해가 오게 되면 그걸 거르는 것이 신장입니다. 문제는 아무리 신장이 거른다고 해도 한계가 있다는 것이지요.

그런 경우 지속적으로 신장에 손상이 가게 됩니다. 그런데 신장은 치료하기가 극도로 힘든 곳 중 하나입니다."

"신장 손상?"

사람들은 웅성거리면서 이야기하기 시작했다. 그도 그럴 것이, 운동이 사람의 몸을 그렇게 손상시킬 거라고 누구도 생각하지 못했던 것이다.

"그리고 심각한 경우 신부전이 올 수도 있으며 그 결과, 사망까지 이를 수 있습니다."

"신부전!"

신부전이란 말 그대로 신장이 멈춰서 혈액 내의 독소 물질을 제거하지 못하는 상태로, 이로 인해 사망할 수도 있다. 그런데 그런 상태를 유발할 수도 있다니?

"그게 사실입니까?"

"사실입니다. 그런 사건은 여러 번 있었습니다."

"그런가요?"

"그렇습니다. 특히 군대같이 강제로 훈련시키는 곳에서 많이 발생합니다."

"좋습니다. 그럼 학생들은 어떤가요?"

"근육이 성인에 비해 약한 만큼 근육 용해가 쉽게 생길 겁니다. 그리고 당연히 성인에 비해 신장도 약할 수밖에 없습니다. 실제로 몇 년 전 수련회 도중 신부전으로 사망하는 사례가 있었습니다."

그 말에 입을 쩍 벌리는 사람들. 설마 간단하게 생각했던 수련회가 사망까지 불러올 거라고는 생각하지 못했던 것이다.

"재판장님, 보다시피 모든 것에는 한계라는 것이 있습니다. 운동은 확실히 사람의 몸에 좋습니다. 하지만 그 한계라는 게 있습니다. 동의서도 마찬가지입니다. 부모님들이 써 준 동의서는 학생의 심신 발달과 정신 수련에 대해 써 준 것이지, 학생의 목숨을 가지고 죽을 수도 있는 고문 행위를 하라고 써 준 것이 아닙니다. 이 증언에 따르면 무려 네 시간에 걸쳐서 최소 수백에서 최고 수천 번이 넘는 운동을 시키고 있습니다. 상식적으로 이 나이 또래의 아이들이 할 수 있는 운동량이 아닙니다. 이것이 가혹 행위가 아니라면 무엇이 가혹 행위겠습니까? 이상입니다."

노형진이 안으로 들어오자 앞으로 나오는 이도현. 그는 의사라는 존재가 껄끄러웠다.

'뭘 물어보지?'

자신이 아는 것은 아무것도 없었다. 방어도 뭘 알아야 하는 것이다. 하지만 법적으로 동의서가 어쩌고저쩌고하는 것에 대해서만 알아서 왔지, 그러한 가혹한 운동량이 죽음과 연결될 수 있다는 소리는 여기서 처음 들었다.

"에, 증인, 만일 그러한 신부전이 온다면 치료하면 그만 아닙니까?"

"그뿐만이 아닙니다. 아까도 말씀드렸다시피 신장인 인간의 부위 중 가장 치료하기 힘든 부위 중 하나입니다. 만일 피해가 클 경우 재생이 안 되는 부위이기도 합니다."

"하지만 운동으로 인해서 그런 것이 생길 가능성은 아주 낮지 않습니까?"

"낮다고 볼 수 있지요."

"그럼 안전한 거 아닌가요?"

"그게 문제입니다. 신부전은 당장 티가 나는 게 아닙니다. 그래서 치료 시기를 놓치게 되는 경우가 많은데 나중에 이상 증상을 느껴서 오게 되면 손상이 심해서 만성으로 넘어가게 됩니다. 그럼 평생을 의료 투석기의 도움을 받으면서 살게 됩니다."

그 말에 웅성거리는 사람들. 평생을 투석기에 기대어 사는 것이 얼마나 비참한지 알고 있기 때문이다.

'이런 씨팔.'

이도현은 직감적으로 질문을 잘못했다는 사실을 알았다.

'망할 새끼 같으니라고.'

애초에 의사라는 카드를 꺼낸 이상 더 이상 싸울 만한 것이 없었기에 그는 노형진을 노려볼 수밖에 없었다.

"질문 없습니다."

"알겠습니다. 증인, 들어가세요."

증인이 들어가고 난 후 피고들은 사색이 되었다. 그들은 신부전이 올 수도 있다는 생각은 전혀 하지 못했던 것이다. 그러나 노형진은 이미 알고 있었기 때문에 미리 준비해 놓았다.

"재판장님, 원고 측 학생들 중 일부 학생들의 진단서를 제출하겠습니다. 이 기록에 따르면 검사 결과 신장의 능력이 최대 20% 가까이 떨어진 학생도 있습니다."

그 말에 방청석에서 바라보던 몇몇 사람들이 사색이 되어 재빨리 일어나더니 전화기를 들고 바깥으로 뛰어나갔다.

'멍청한 녀석들 같으니라고.'

벌써 그 수련회를 갔다 온 지 상당한 시간이 지났다. 당연히 그렇다면 신장은 멀쩡해져야 한다. 그런데 신장의 성능이 20%나 떨어졌다는 것은 결과적으로 신장에 어떤 식으로든 피해가 갔다는 뜻이다. 문제는 그렇다고 해서 바로 티가 나는 게 아니라는 것. 성능이 떨어진 만큼 신장은 점점 무리하게 되고 결국 몇 년 후 만성 신부전이 발생할 가능성이 높아지는 것이다.

"헉!"

"그 말이 진짜였어?"

실제 피해자가 나오자 방청석에서는 불안감이 돌기 시작했다. 그럴 수밖에 없는 것이 여기에 있는 수많은 방청객들 중에서 아이를 가지지 않은 사람은 드물었기 때문이다.

"결과적으로 제가 이 검사를 하지 않았다면 아이는 자신도 모르게 영구적인 장애를 가지고 살아가게 되었을 것입니다."

"으으......"

노형진은 그렇게 이야기를 하면서 피고들을 하나하나 바라보았다. 그리고 정체를 알 수 없는 미소를 떠올렸다.

이것이 법이다

"반갑습니다."

아니나 다를까, 며칠 뒤 노형진은 찾아온 사람은 피고 중한 명이었다.

"죄송합니다."

남자는 고개를 푹 숙였다.

"전 일이 이렇게 될 거라 생각하지 못했습니다."

"그건 벌써 늦었습니다."

"흑흑흑."

노형진은 그가 자신을 찾아올 거라 생각했다. 누가 봐도현장에서 가장 크게 양심의 가책을 보였기 때문이다.

"합의하러 온 겁니까? 합의는 없습니다만."

애초에 합의할 의사도 없었고 또 합의하기에는 문제가 있었다. 집단소송인 만큼 누군가는 합의에 동의해 주고 누구는안 해 주는 게 복잡해서 애초에 합의 자체를 안 하기로 했기때문이다.

"합의 때문이 아닙니다. 다만…… 증언하고 싶어서…….."

"증언?"

"네."

"무슨 말씀이신지요? 범죄 사실은 다 알려졌을 텐데요?"

의사도 나왔고 실제 피해자도 나왔다. 증언한다고 해서 큰 도움이 되는 것은 아니었다.

"사실은 그런 것에 대한 증언이 아닙니다."

"그럼?"

"계획적인 가혹 행위에 관한 증거입니다."

그 말에 노형진의 눈이 크게 떠졌다.

"계획적인 가혹 행위?"

"그렇습니다."

그 말에 노형진의 눈썹이 파르르 떨렸다. 가혹 행위가 있기는 했지만 그냥 어쩌다 그렇게 된 줄 알았는데, 계획적인 가혹 행위라니?

"그 말을 왜 우리한테 하는 거죠?"

"양심에 찔려서요."

"양심이라…….."

"어차피 제 미래는 끝났습니다. 아니, 애초에 체대를 갔을 때부터 끝났다고 봐야겠지요."

그는 체육대학에 갔다. 그러나 대한민국의 수많은 체대생들이 그렇듯이 제대로 성공한 선수가 되지 못했다. 그런 그에게 누군가 소개시켜 준 것이 이 일이었다.

"사실 이 일을 해 본 것도 올해가 처음입니다."

"그래요?"

어쩐지 이상하게 다른 사람들보다 훨씬 양심의 가책을 많이 느낀다고 싶었는데, 완전히 물든 것은 아닌 모양이다.

"그곳에 있었던 대부분의 사람들은 체대생입니다. 사실 변호사들은 모르고 그랬다고 하지만 모를 리 없지요."

"흠."

체대에 간다고 해서 오로지 운동만 배우는 것이 아니다. 도리어 운동했을 때 어떤 현상이 벌어지는지 누구보다 잘 배우는 것이 체대생들이다.

'어쩐지 이상하다 싶었어.'

즉, 그들은 어떤 신체적 이상 상태가 벌어지는지 알면서도 그런 행동을 했다는 것이다.

"어째서?"

"그게……."

"열등감 때문이었나요?"

그 말에 고개를 말없이 끄덕거리는 그였다.

'멍청하기는.'

노형진은 그런 그들의 행동이 더 어이가 없었다. 열등감이란 자기보다 잘난 사람을 미워하는 행동이다. 그런데 상대방은 어디 4년제 대학을 나온 것도, 그렇다고 어디 좋은 기업에 취업을 한 것도 아니다. 아직 어린 중고등학생일 뿐이었다.

"처음에는 누군가가 열등감 때문에 만들었을 겁니다. 그런데…… 그게 전통이 되더군요."

"그렇지요."

전통. 그게 좋은 거라면 문제가 안 되지만 가끔은 안 좋은 것을 전통이라고 고수하기도 한다. 가령 일부 체육대학은 절대적인 상명하복의 문화를 가지고 있다. 선배가 뭐라고 하면 절대적으로 들어야 하는 것이다.

"그런데 의외군요. 그런 곳에서는 배신자를 용서하지 못하는데요?"

그 말에 남자가 쓸쓸하게 웃었다.

"어차피 끝났으니까요."

자신은 전과를 피할 수가 없다. 그렇게 된다면 체육계에서 일한다는 건 말도 안 된다.

"그리고 애초에 전 상명하복에 충실한 게 아니었습니다. 그냥 겁이 많았던 것이지요."

그러니까 그는 그저 겁나서 선배들의 말을 들었을 뿐인데 그들은 그걸 복종하는 거라고 생각한 모양이었다.

"음."

노형진은 잠시 생각에 잠겼다. 그러고는 천천히 그를 바라보면서 입을 열었다.

"이건 생각보다 큰일입니다."

"큰일이라니요?"

아마도 그는 그저 양심에 찔려서 왔을 것이다. 하지만 이건 양심에 찔려서 말하기에는 전혀 다른 문제가 된다.

'사실대로 말하는 게 좋겠지.'

물론 그를 이용하고 버려도 그만이다. 실제로 그런 사람은 많다. 하지만 노형진은 그렇게 하고 싶지는 않았다. 정의와 양심을 지키기 위해서 용기를 낸 사람을 버린다면 누가 그걸 지키려고 하겠는가?

"만일 계획범죄라면 단순히 직장인이 아닌 범죄자가 됩니다. 쉽게 말해서 전쟁이 끝나고 난 후에 단순 병사냐, 아니면 전범이 되느냐의 차이입니다."

그 말에 남자의 얼굴이 딱딱하게 굳었다.

"지금까지 다른 사람들은 죄를 사장에게 뒤집어씌우고 있었습니다. 사장이 시켰다고요. 하지만 당신이 증언하면 그들은 계획범죄자가 됩니다. 그것도 인권 범죄자요. 인권 범죄자는 상당한 처벌을 받습니다."

"이, 인권 범죄자……."

"이 문제는 정식으로 인권위에 제소할 겁니다."

"……."

그 말에 눈에 띄게 흔들리는 남자의 눈동자.

"형량이 최소 세 배는 늘어날 겁니다."

"……."

"하지만 당신에게 기회가 생기겠지요."

"기회라니요?"

"당신이 증언한다면 피해자들에게 말해서 당신에 대한 소송은 취하해 주겠습니다. 또한 직장을 구해 드리지요."

"직장을요?"

"네."

대한민국은 내부 고발자를 철저하기 망가트린다. 만일 그가 여기서 내부 고발을 하게 된다면 체육계에 들어가지 못하게 된다.

'하긴 애초에 들어갈 수가 없겠지.'

사실 전과를 단 이상 어차피 들어가지는 못할 것이다. 그걸 알고 그도 결단을 내려서 여기 온 것이니까.

"한국에서는 불안할 겁니다. 학과가 어디인가요?"

"네?"

"학과 말입니다."

"아, 태권도 학과입니다."

"그럼 타국에서 일해 볼 생각 있습니까?"

"타국이라니요?"

"대룡에서는 다른 나라에 대형 농장을 운영하고 있습니다."

대룡과 함께 어떤 사정으로 한국에 살 수 없는 사람들이 피할 수 있는 곳을 만들려 했던 노형진에게 대룡은 알로에 농장에 자리를 만들어 주기로 약속했다.

'어차피 그곳에 태권도장이 있다고 했으니까.'

한 명 정도 자리를 잡게 해 주는 것은 어려운 일이 아니다.

"어차피 몇 년 지나면 조용해질 겁니다."

"……."

생각지도 못한 노형진의 말에 남자는 침묵을 지켰다. 사실 모든 걸 포기하고 자신의 양심만이라도 지키자고 온 것인데 거기서 자신의 생로를 찾아낼 줄이야.

"어떻게 하시겠습니까?"

한참 시간이 지난 뒤 남자는 천천히 고개를 끄덕거렸다.

⚖️

"친애하는 재판장님, 이번 범죄는 사전에 계획된 범죄임이 드러났습니다."

"뭐라고?"

"아니, 이게 무슨 소리야?"

듣고 있던 사람들은 생각지도 못한 노형진의 말에 어리둥절한 얼굴로 서로를 바라보았다. 지금까지 계속 재판하고 있었지만 계획범죄라는 말은 처음 들었던 것이다.

"말 그대로 그곳에서 벌어진 사건들이 계획범죄라는 뜻입니다."

상식적으로 생각해 봐도 고작 중학생밖에 되지 않는 아이들을 쓰러지고 구토하고 기절할 정도로 힘들어 하는데도 교육이라는 명목으로 괴롭히는 것은 말이 되지 않는다.

'정상적인 곳이라면 그런 일이 있을 수가 없지.'

정상적인 곳이라면 누군가 한 명은 그런 것을 막기 마련이다. 설사 아니라 할지라도 누군가 기절하거나 움직이지 못하면 병원에 데려가려고 하는 것이 인간이다. 하지만 증언에 따르면 이들이 한 대응은 기절한 사람을 그저 구석에 눕혀 놓는 것이 다였다고 한다. 아직은 쌀쌀한 이 계절에 말이다.

"증거 있습니까!"

아니나 다를까, 벌떡 일어나서 항의하는 이도현. 노형진은 새로운 증거를 정리해서 앞으로 내밀었다.

"그 당시 있었던 계획범죄의 증거들입니다."

그 말에 확연하게 사색이 되는 피고들.

'설마?'

'어떻게?'

그렇게 생각하면서도 그들은 단순하게 생각했다.

'거짓말일 거야.'

'어떤 서류도 안 남겼는데.'

그들이 생각하기에는 서류가 없으면 증거가 없다고 생각했던 것이다. 하지만 노형진은 그런 그들의 생각을 가차 없이 깨 버렸다.

"증인을 찾기 위해서 5년 전부터 다녔던 사람을 추적해 봤습니다. 그런데 주간에 기합이라는 이유로 가혹 행위를 하는 것 말고 저녁때 자는데 갑자기 깨우는 경우가 많더군요. 안 그렇습니까?"

"그거야……."

뭔가 눈치챈 한 명이 자신도 모르게 변명하려고 하자 이도

현은 잽싸게 그를 툭 쳐서 말을 막았다. 하지만 노형진에게
는 그의 변명이 필요가 없었다.

"그 당시 퇴소한 학생들의 증언을 좀 보겠습니다. 시기는
좀 다르지만 학년으로 보자면 중학교 2학년 학생의 증언에
따르면 학생들 사이에서 절도 사건이 발생하여 그 범인을 찾
는다는 이유로 야간에 학생들을 끌고 나와서 무려 네 시간
동안 기합을 줬다고 되어 있습니다. 그 당시 중학교 3학년이
었던 다른 학생의 증언에 따르면 자리를 이탈한 학생이 타
학교 학생을 구타하는 사건이 발생해서 연대책임을 물어서
다섯 시간 동안 기합 받았다고 하더군요. 아, 이런 게 있네
요. 그 당시 고등학교 2학년 학생의 증언입니다. '남녀 학생
이 성관계를 맺다가 발각되어 연대책임을 물어서 기합을 받
음.'이라고 되어 있습니다."

그걸 들으면서 사람들은 그게 뭐가 잘못되었냐는 표정을
지었다.

"그외에도 여러 가지가 있네요. 교관의 물건이 사라졌다
는 경우도 있고 근처 편의점에서 학생이 절도했다는 이야기
도 있고, 대충 열 개 정도의 레퍼토리가 반복됩니다."

"레퍼토리?"

레퍼토리라는 사건과 전혀 안 어울리는 단어 선택에 고개
를 갸웃하는 사람들.

"제가 이 증언을 읽으면서 증언을 한 사람의 신분을 밝히

지 않은 것은 그 사람들의 보호를 위해서가 아니라 학년마다
그 레퍼토리가 다르기 때문입니다."

"뭐라고요?"

"그게 뭔 뜻이죠?"

"이런 겁니다. 중학교 1학년은 편의점 절도로 기합을 주
고, 중학교 2학년은 학생 간의 절도로, 고등학교 1학년은 도
박으로 고등학교 2학년은 이성 간의 성관계 등으로 매번 그
리고 매년 오밤중에 끌어내서 기합을 줬다는 겁니다."

"……."

그 말에 얼굴이 딱딱해지는 사람들.

"더 웃긴 건 말입니다. 기본적으로 이 모든 사건들이 감시하
는 교관들과 선생들이 방임하지 않으면 일어날 수 없다는 것
입니다. 더군다나 두 명의 미성년자가 수련회에서 성관계를
했다면 경찰이 출동했어야 하는 일 아닌가요? 설사 경찰이 아
니라 하더라도 부모님이라도 왔어야 하는 일 아닙니까? 그런
데 그렇게 오밤중에 연대책임이라고 기합 받은 모든 학생들은
결국 그런 걸 보지 못했다고 합니다. 심지어 매년 그렇게 일이
벌어지는데 범인이 잡혔다는 이야기는 단 한 번도 없군요."

"……."

생각지도 못한 노형진의 말에 피고 측의 눈빛은 눈에 띄게 흔
들리기 시작했고 그중 단 한 명만이 왠지 한숨을 쉬고 있었다.

"더군다나 중학교 1학년짜리 레퍼토리인 편의점 절도 사

건 말입니다. 지도에서 보면 이곳에서 제일 가까운 편의점은 8킬로미터 떨어져 있습니다. 유일한 상점은 내부에 있는 매점뿐인데 10시면 완전히 내립니다. 기본적으로 이 매점 역시 컨테이너 건물이기 때문에 문을 잠그면 중학교 1학년짜리가 절도를 위해서 들어갈 수 있는 구조는 아니지요."

"……."

"일반적으로 성인 기준으로 최대 걸음으로 걸었을 때 시속 4킬로미터입니다. 미성년자인 점 그리고 하루 종일 가혹 행위를 당했다는 점을 감안하여 시속 3킬로미터로 잡는다고 하면 절도하고 돌아오기 위해서는 16킬로미터를 걸어야 합니다. 시속 3킬로미터로 잡았을 때 최소 다섯 시간에서 다섯 시간 이십 분은 걸리는 거리지요."

워낙 확실한 계산이었기 때문에 반박도 하지 못한 채로 천천히 이야기만 듣는 사람들. 사실 동영상에 나온 그 정도로 기합 받았다면 시속 3킬로미터도 상당히 빠르게 계산했다고 봐야 할 정도였다.

"그런데 재미있는 건 아이들이 절도 사건이 났다고 연대책임으로 불려 나오는 시간은 대략 1시 정도입니다. 즉, 이 아이가 절도를 위해서 나갔다 왔다면 8시에 그곳에서 출발했어야 한다는 뜻입니다. 이 시간표에 따르면 7시 30분에는 저녁 식사 점호가 있고, 10시에는 취침 점호가 있습니다. 그런데 왜 몰랐을까요?"

"……."

이건 빼도 박도 못할 증거였다. 상식적으로 시간이 절대 맞지 않았던 것이다. 생각지도 못한 노형진의 공격에 이도현은 열심히 머리를 굴렸고 결국 하나의 가능성을 찾아낼 수 있었다.

"절도를 알아내고 바로 할 수도 있지 않습니까?"

그러니까 그곳에서 절도 사건이 났다는 소식을 듣고 바로 움직였다는 것. 애써 방법을 찾아낸 것이지만 실상 그건 더 말이 안 되는 소리였다.

"그러니까 절도 사건이 발생하자마자 소식을 듣고 학생들에게 연대책임을 물어서 가혹 행위를 했다는 건데 그럼 시간이 두 시간 삼십 분 정도로 줄어드는군요. 확실히 10시 30분, 취침 점호 이후입니다. 어떻게 나갔는지 그 방법은 둘째치고 말입니다."

그 말에 왠지 의기양양한 표정이 되는 이도현이었다. 하지만 노형진이 그것에 대해 생각하지 않을 리 없었다.

"그럼 결과적으로 도둑질을 한 학생은 오지도 않았는데 연대책임을 물어서 선량한 학생들에게 기합을 줬다?"

"그건 아닐 겁니다. 걸어서 8킬로미터지만 차로 데리고 오면 금방 아닙니까."

"맞습니다. 차로 오면 뭐, 한 10분이면 데려올 수 있겠군요."

"맞습니다."

이도현은 자신이 내심 대단하다고 생각했다. 이런 예상치 못한 공격을 잘 막아 냈으니 말이다. 그러나.

'부처님 손바닥이라는 말이 뭔지 아직 모르는 모양이네.'

그런 으쓱한 얼굴은 노형진에게는 그저 멍청하게 보일 뿐이었다.

"그럼 여기서 한 가지 문제가 생깁니다."

"무슨 문제 말인가요?"

"8킬로미터 떨어진 편의점의 점주는 중학교 1학년짜리가 들어올 때마다 매번 그렇게 도둑질을 당하는데 아무런 대비책을 세우지 않았습니다. 한 번도 아니고 수십 번씩 매년 당하는데 말입니다. 그러면 점주의 지능에 문제가 있는 거 아닙니까?"

"어……."

싸늘한 느낌이 드는 이도현이었다. 확실히 그 핑계를 한 번만 써먹은 건 아닐 것이다. 중학교 1학년짜리가 왔을 때마다 써먹었을 것이다. 그리고 노형진이 그걸 안다면.

'이런 씨팔!'

이도현이 가장 듣기 싫은 말이 노형진의 입에서 나왔다.

"그 증인의 지능지수를 확인하기 위해서 해당 편의점의 주인을 증인으로 신청하는 바입니다."

⚖

'망할, 망할, 망할.'

이도현은 이를 바득바득 갈았다.

연달아서 나오는 증인들. 하지만 첫 번째 증인인 편의점 주인은 도둑이 든 적이 없다고 했다. 그보다 더 떨어지는 편의점의 거리는 무려 10킬로미터. 그리고 그 후는 13킬로미터. 수련원이 워낙 도심지에서 먼 탓이었다.

두 번째로 온 증인들은 사건이 났다는 학교의 학생들. 하지만 누구도 도둑을 봤다는 사람은 없었다. 애초에 그날 죽은 듯이 쓰러져서 움직이는 것도 힘들었다고 한다.

세 번째 증인들은 난데없이 학생들이 성관계를 했다고 끌려나왔던 고등학교의 선생들. 하지만 그들 역시 그것과 관련해서 어떠한 보고도 받은 적이 없다고 증언했다.

"보다시피 이들은 어떠한 이유도 없이 사건을 조작해 가면서 가혹 행위를 했습니다. 이는 명백한 인권 침해이며 또한 허위 사실 유포 및 명예훼손에 해당됩니다. 이에 원고 측은 해당 학교와 협의하여 허위 사실 유포와 명예훼손으로 고발토록 하겠습니다."

완전히 절망적인 얼굴이 되는 사람들. 노형진은 그런 그들을 보면서 코웃음을 쳤다.

'그러니까 애초에 제대로 했으면 됐잖아.'

노형진은 그들을 보면서 비웃음을 날렸다.

"피고 측 변호인, 할 말 없습니까?"

"네?"

"할 말이 없느냔 말입니다."

"어, 없습니다."

없는 사실을 만들어 냈다는 것은 누가 봐도 계획범죄다. 이렇게 되니 지금까지 인맥만을 이용해서 승승장구한 이도현도 방법을 찾을 수가 없었다.

"친애하는 재판장님, 하지만 이러한 행동은 학생의 교육에 있어서 필요한 부분도 있고……."

"교육이라는 것은 사실과 올바른 정신에 입각해서 해야 하는 것 아닙니까? 거짓과 탐욕으로 교육한다면 무슨 일이 벌어지겠습니까? 신념 없는 교육은 똑똑한 악마를 만들 뿐이라는 말은 들어 보신 적이 없나 보군요."

그 말에 노형진을 증오스럽다는 표정을 바라보는 이도현. 그러나 일이 이쯤되자 누군가는 배신을 생각하기 시작했다. 물론 노형진에게 진실을 전한 내부 고발자도 있을 수 있겠지만 지금 튀어나오는 사람은 그런 타입이 아니라 말 그대로 상황이 불리해지자 살기 위해서 발악하는 것이었다.

"이건 우리는 모르는 일이야! 이건 다 사장이 시킨 거라고!"

"뭐라고?"

"너 이 새끼가!"

사장은 그 말에 깜짝 놀랐다. 바로 옆에 앉아 있는데 자신을 팔아먹을 거라고는 생각하지 못했던 것이다. 하지만 그 말이 일종의 신호처럼 작동한 건지 교관이었던 사람들이 너도 나도 일어나서 외치기 시작했다.

"모르는 일이야! 사장이 시킨 거야!"

"맞아! 이건 사장 책임이라고!"

"아닙니다. 재판장님! 이 녀석들이 거짓말하는 겁니다! 이거 다 거짓말인 거 아시죠? 전 억울합니다!"

사장 역시 교관들이 배신을 때리자 자신이 살기 위해서 발악하기 시작했다.

'그건 이제부터 알아보면 되는 거지.'

노형진은 서로 살기 위해서 악다구니를 하는 그들을 불쌍한 듯 바라보았다. 그리고 재판관은 그런 그들을 한심하게 바라보다가 나무로 만든 망치를 강하게 두들겼다.

"피고 측! 조용히 하세요. 신성한 법정에서 더 이상 시끄럽게 하면 법정 소란 죄를 적용하겠습니다."

그 말에 순간 조용해지는 피고들. 하긴 벌써 죄목이 몇 개인가? 더 이상 전과를 다는 것은 곤란했다.

'뭐, 도긴개긴이지.'

노형진은 이쯤에서 마지막 쐐기를 박을 목적으로 자리에서 일어났다.

"재판장님, 지금 피고들은 그 책임을 피할 목적으로 상대방에게 그 죄를 떠넘기고 있습니다. 하지만 이 부분을 확실하게 할 방법이 있습니다."

"방법요?"

"그렇습니다. 증인을 신청하겠습니다."

"증인?"

"네, 피고 중 한 명인 도기장을 증인으로 신청합니다."

"도기장?"

"피고를?"

그 말에 사람들의 시선이 피고석으로 향했다. 그리고 그곳에서 양복을 입고 있던 한 남자가 일어났고 상황이 어떻게 된 건지 알아챈 다른 교관들과 사장의 얼굴이 분노로 붉게 물들기 시작했다.

"너 이 개새끼!"

"혼자 살자고 배신이냐!"

"너 이 새끼, 죽여 버릴 거야!"

길길이 날뛰는 그들.

어찌 보면 당연한 일이었다. 방금 피고석에 있던 녀석이 갑자기 증인석으로 불려가니 말이다. 게다가 그 표정을 보면 갑작스러운 일이 아니라는 것쯤은 어렵지 않게 알 수 있었다.

"재판장님! 지금 피고들은 증인으로 출석하는 사람에 대하여 협박하고 있습니다."

"피고들, 조용하세요!"

노형진은 바로 강하게 항의했고 이도현은 그들을 진정시키려고 했다. 하지만 평생을 선배라는 이유로 떠받들어져서 살아온 그들은 그의 배신에 분노를 감출 수가 없었다. 그들은 화가 머리끝까지 나서 판사가 뭐라고 하든 길길이 날뛰었다.

"너 이 새끼, 내가 언젠가 죽인다!"

"너, 이 바닥에서 먹고살 수 있을 거 같아!"

결국 화가 난 판사는 바로 경비를 불렀다.

"경비, 저 사람들을 당장 법원 소란 죄로 체포하세요."

"네, 알겠습니다."

"헉!"

경비들이 안으로 들어와서 그들의 팔에 수갑을 채우고 나서야 그들은 아차 싶었지만 이미 상황은 변해 버렸다.

"재판장님, 증인이 피고 측의 협박을 받는 상황에서 정상적인 증언은 불가능합니다."

"인정합니다. 경비는 저들을 당장 대기실 바깥의 별실로 데리고 가시기 바랍니다. 피고 측 변호인, 계속 변론하겠습니까?"

"네……."

이 상황에서 안 할 수도 없지 않은가? 당장 피고들이 몽땅 끌려갔는데 자신마저 자리를 비울 수는 없었다.

"증인, 이제 증언하세요."

"증인. 증인은 얼마 전 절 찾아와서 이런 가혹 행위가 사전에 계획되었다고 말했습니다. 맞습니까?"

"맞습니다."

"어째서 그렇지요?"

"수련하러 학생들이 오기 전에 따로 미팅을 합니다. 사실 그 과정에서 과정은 비슷하기 때문에 딱히 뭔가를 새로 준비하지는 않습니다. 그냥 수다를 떨 뿐이죠."

"그러니까 체계적인 과정은 아니라는 거죠?"

"네, 결국 오면 나가는 날까지 괴롭히는 것이 목적이니까요."

"어째서 그렇지요?"

"돈 때문입니다. 들어오는 돈은 한정되어 있고 각 학교의 교장과 교감 그리고 선생님들에게 뇌물로 줘야 하는 것도 적지 않습니다. 결국 수익을 최대한 내기 위해서는 콘텐츠도 줄여야 하고 먹는 것도 줄여야 합니다."

"먹는 것도 줄여야 한다?"

"그렇습니다."

"하지만 그렇게 운동이 격해지면 더 먹지 않습니까?"

하지만 도기장은 고개를 좌우로 흔들었다.

"그것도 어느 정도죠. 사실 이렇게 극단적으로 굴려 버리면 먹는 것도 싫어집니다. 오로지 잠만 자게 됩니다. 입맛도 없어져 버리거든요."

"그래서 굴리는 건가요?"

"그런 것도 있습니다."

"그럼 그 주용 대화 내용은 무엇입니까?"

"보통 이번 애들을 어떻게 괴롭힐 것이냐, 몇 명이나 울게 될까 같은 것들입니다."

"콘텐츠에 대한 주제는 없습니까?"

"없습니다."

"어째서 콘텐츠를 이용하지 않는 거죠?"

"결국 돈이 드는 거니까요. 더군다나 그걸 하려면 무척이나 번거롭습니다."

당장 콘텐츠를 준비하려고 하면 엄청난 돈이 든다. 당장 수련회에 가면 가장 많이 하는 캠프파이어 같은 것도 장작과 거기에 부을 기름도 사야 하고 그 와중에 학생들이 들어야 하는 촛불도 사야 한다. 당장 장작과 기름만 해도 30만 원이 넘고 초 역시 개당 천 원이라고 하면 삼백 명만 와도 30만 원이나 든다.

"첫날 오자마자 굴리고 두 번째 날 장기 자랑을 시키는 건 간단합니다. 돈이 안 들거든요. 그나마 제일 비싸게 들어가는 게 캠프파이어 비용일 겁니다. 사실 원래대로라면 촛불도 새 것을 써야 합니다만."

"그런데요?"

"대부분 재활용합니다. 결국 그걸 들고 있는 시간은 길어 봐야 20분 안쪽이니까요."

초는 그렇게 빨리 꺼지지 않는다. 즉, 20분밖에 안 쓴 초는 몇 번이고 재활용할 수 있다는 소리다.

"그런데 왜 그렇게 가혹 행위를 하는 거죠?"

"편하려고 하는 겁니다."

"편하려고?"

"죽을 만큼 굴려 두면 밤에 애들이 녹초가 됩니다. 통제하기

가 무척 쉽죠. 이상한 짓을 하려고 하는 녀석도 없고요. 그리
고 낮에 굴린다고 하는 것도 결국은 휘슬을 불면서 몇 번 분위
기를 잡아 주면 꼼짝 못하니 그냥 시키기만 하면 되니까요."

그런데 그걸 정식으로 콘텐츠 준비를 하려면 돈도 들고 직
접 움직여야 한다. 학생들을 시킬 수는 없으니까.

"그럼 학교는 왜 이런 걸 계속하는 건가요? 시설 좋은 다
른 수련원이 있지 않습니까?"

"당연히 있지요."

"그런데요?"

"그런 정상적인 수련원들은 돈이 많이 듭니다. 초도 새 것
을 주고 사회 보는 사람도 전문 레크리에이션 강사를 부릅니
다. 한 번 부르는 데에 10만 원 정도 줘야 합니다. 당연히 여
러 가지 풍부한 경험을 쌓게 해 주고 협동심을 키울 수 있는
프로그램도 많지요. 보물찾기나 게임 등등요."

"그런데요?"

"결과적으로 그런 데에 돈이 들어가면 교장 선생님과 선생
님들이 받는 돈이 적어지거나 아예 없으니까요. 당연히 수익
도 남지 않구요."

당연한 말이다. 그리고 그 당연한 말이 나올 때마다 이도
현은 사색이 되어 갔다.

"그래서 결과적으로 아이들에게 가혹 행위를 어떻게 할 것
인지가 주요 주제가 된다는 말씀이시군요."

"네."

"거짓말입니다!"

이도현은 애써 부정하려고 했다. 하지만 그걸 뒷받침해 줄 수 있는 사람은 죄다 법원 경비에게 끌려 나간 상황이었기에 그의 주장은 공허한 메아리일 뿐이었다.

"그럼 피고 측 변호인은 어째서 피고들이 그렇게 아이들을 가혹하게 대했는지 아는 게 있습니까?"

"어…… 그건 추후 답변하겠습니다."

알 리가 있나? 설사 안다고 한들 대답해 봤자 좋을 게 하나도 없었다.

'뻔한 거 아냐?'

애들이 힘들고 지쳐야 통제하기 쉬워진다. 그리고 갈 때쯤 눈물 좀 흘려 주면서 뭔가 이룩했다거나 버텨 냈다는 식으로 포장해 주면 그만이다.

"그런데 말입니다. 그 교관이라는 것은 도대체 수련회 내부에서 어떤 직책인가요?"

"정확하게는 관리직입니다."

"관리직?"

"네, 아이들을 관리하고 안전에 대한 책임을 지는 사람들입니다."

그 말에 노형진은 어이가 없었다. 도대체 어느 부분에서 안전에 대한 책임을 진단 말인가?

"그럼 훈련이나 행사는 보통 누가 하죠?"

"원래는 레크리에이션 강사나 청소년 수련회 지도사들이 해야 합니다. 하지만 그들은 비싸니까요."

"그래서 여러분들이 한다는 거군요."

"네."

"그럼 그것도 불법이군요."

"엄밀하게 말하면 그렇지요. 저희의 업무는 수련생들에 대한 안전 감독과 시설 관리거든요."

그러니까 수련회에서는 교관이라는 존재를 싸게 고용함으로써 비싼 돈을 줘야 하는 레크리에이션 강사들을 고용하지 않는다는 소리였다.

"좋습니다. 그럼 증인은 마지막으로 하고 싶은 말이 있습니까?"

"이제는 범인이 된 제가 이런 말 하는 건 좀 웃기지만 학교 믿지 마십시오. 돈 안 주면 아무리 시설이 좋아도 안 보는 게 학교입니다. 수련회에 간다고 하면 최소한 학부모 대여섯 명은 따라가야 합니다. 애들이 그곳에서 고문당하는 꼴 보기 싫으면 말이지요."

"이상입니다."

노형진은 마지막 질문을 마치면서 안으로 들어오면서 이도현을 바라보았다. 이도현은 생각지도 못한 내부 고발에 반박할 방법도 찾지 못한 채로 멍하니 의자에 앉아 있을 뿐이었다.

"결국 이렇게 되는군."

교관과 사장은 감금과 가혹 행위, 법정 소란 그리고 갈취로 결국 처벌받았다. 또한 교장과 관련 선생들 역시 업무상 배임과 뇌물 수수로 수사받았다.

"그거야 그렇지만 이건 또 뭔 꼴인지 모르겠네. 거참. 나라 꼴 참 잘 돌아간다."

송정한은 판결문을 보는 노형진 앞에서 신문을 탁탁 소리 내서 펼치면서 투덜거렸다. 그도 그럴 것이 갑자기 대한민국의 학교 중 55%가 수련회를 취소했다는 것이다.

"정상적인 것이라면 취소할 리 없겠지요."

"그렇겠지."

사실 대한민국에는 수많은 정상적인 수련회장이 많다. 하지만 그런 곳들은 질이 좋은 만큼 교장과 관련자들에게 줄 돈이 없기 마련이다. 모든 비용이 질로 들어가니까. 그리고 그런 곳들을 선택한 곳은 이번 사건과 상관없이 그냥 가는 거고 데려가서 극기니 근성이니 어쩌면서 괴롭힐 생각만 하는 곳들은 '앗, 뜨거워!' 하면서 꼬리를 말아 버린 것이다.

"그나저나 학생들이 많이 찾아온다면서요?"

"역시 인터넷 세대인가 봐. 소문이 엄청나게 빨라."

이유를 알 수 없는 가혹 행위를 당해야 하는 수련회에 끌려가게 생긴 학생들이 너도 나도 새론을 찾아오고 있었고 그 덕분에 점점 수련회 취소율은 높아져 갔다.

"애들이라고 해서 그 꼴을 당할 이유는 없죠."

"그건 그렇지."

사람들은 청소년을 자라나는 새싹이라고 이야기한다. 하지만 이런 식의 수련회는 새싹을 잘 자라게 하는 게 아닌 짓밟아서 죽여 버릴 뿐이었다.

"다음번 수련회에는 좀 재미있게 지낼 수 있겠지요."

송정한이 한 말이 왠지 노형진을 씁쓸하게 만들었다.

"다음 생에서는 그렇겠지."

이번에는 조용해졌지만 과연 이게 1년이 갈까? 2년이 갈까? 얼마 지나지 않아서 사람들이 관심을 가지지 않는다면 수련회는 다시 똑같은 과정을 밟을 것이다. 그걸 막는 방법은 끊임없이 관심을 가지면서 고쳐 가는 것. 그게 정착되려면 송정한의 말대로 한 세대가 걸릴지도 모른다.

"다음 생이라……. 왠지 씁쓸한 말이네요."

승리한 싸움이지만 왠지 이 현실이 안타까운 노형진이었다.

다음 권으로 이어집니다

200평 초대형 24시 만화방

📖 수원시청점

로데오거리 · ●농협

●CGV · ⑧ 수원시청역 8번출구

24시 만화방 3F

●흥콩반점

TEL : 031-226-3771
수원시 팔달구 인계동 1041-11 3층 24시 만화방

수면실 (침대식) — 사우나석

2인석 — 샤워실

세탁기 — 신간100%

📖 의정부점

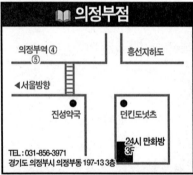

의정부역 ④ ⑤ · 흥선지하도

◀서울방향

진성약국 · 던킨도넛츠

24시 만화방 3F

TEL : 031-856-3971
경기도 의정부시 의정부동 197-13 3층

📖 안양점

●안양역 · 육교

◀관악역 · 명학역▶

●농협

24시 만화방 2F

안양일번가

TEL : 031-466-3771
경기도 안양시 안양동 674-163 공룡고기건물 2층

📖 주안점

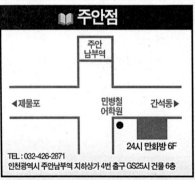

주안 남부역

◀제물포 · 민병철 어학원 · 간석동▶

24시 만화방 6F

TEL : 032-426-2871
인천광역시 주안남부역 지하상가 4번 출구 GS25시 건물 6층

📖 안산점

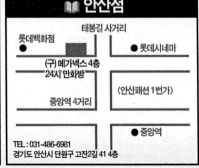

태봉길 사거리

롯데백화점 · ●롯데시네마

(구) 메가넥스 4층 24시 만화방

〈안산패션 1번가〉

중앙역 4거리

●중앙역

TEL : 031-486-6981
경기도 안산시 단원구 고잔2길 41 4층